Comme un flocon

Aurélie Laversa

Comme un flocon

Roman

LE LYS BLEU
ÉDITIONS

ISBN : 979-10-377-7678-5

À toi, Myriam.
Mes yeux se sont ouverts lorsque les tiens se sont fermés.

Chapitre 1

La première fois, je venais d'avoir 12 ans. Nous étions sorties avec maman acheter « deux bricoles » comme elle disait, et nous revenions chargées comme si nous ne ressortirions plus jamais. Nous étions dans le métro ligne 8, station Dugommier. Nous aurions pu faire le chemin du retour à pied mais les sacs nous coupaient les doigts, il faisait chaud, alors presque sans y penser, nous nous dirigions vers les escaliers du métropolitain d'un pas enjoué, ragaillardies par la seule idée de s'asseoir. Une dernière once de vigueur, un dernier effort avant le repos bien mérité d'un strapontin noirci par la saleté. Nos espoirs furent de courte durée.

La rame était bondée et nos jambes durent encore supporter nos corps moites. Maigre consolation, nous posions nos sacs à même le sol. Oubliées les règles d'hygiène élémentaires, nos doigts ne laissèrent pas à nos esprits le temps de se perdre dans le monde de l'infiniment petit, qui, en l'occurrence, se confondait sensiblement avec le monde de l'infiniment sale.

Station Daumesnil. La plupart des passagers quittent le navire mais presque tous les chanceux occupants de strapontins restent cloués à leurs sièges. À l'époque, je trouvais la situation presque mystique. Est-ce vraiment un hasard si la rame, pourtant presque vide, reste occupée uniquement de ses passagers assis ? Les années passant par-là, quelques années d'études de mathématiques et quelques cours de probabilités et de statistiques ont eu raison de ma naïveté. Les usagers qui ont les plus longs trajets mettent plus de rigueur dans la recherche d'une place assise. CQFD.

Chose étonnante, l'esprit cartésien dont je suis dotée aujourd'hui ne trouve toujours pas de réponse à ce qui se passa ce jour-là pour la première fois.

Le train ralentit. Une femme range rapidement son livre dans son sac. Elle oublie d'y insérer le marque-page qu'elle utilisait pour s'éventer. Elle s'en rend compte et réouvre son bouquin en cherchant sa page. Elle lève la tête, la station Bizot s'approche. Elle rebaisse la tête. La page est introuvable, elle relève la tête et renonce bien malgré elle à sa quête. Ses jambes affûtées dans un short léger se fléchissent, une légère impulsion, et hop, la voilà hors de son siège qui se redresse déjà derrière elle. Je balaie du regard les alentours. Aucune concurrence sérieuse. Pas de femmes au ventre arrondi qui nécessiterait de trancher sur la question « enceinte ou non » ni de personnes suffisamment âgées et dont la priorité ne serait pas une outrageante politesse. Personne à part maman, qui, me voyant baver littéralement sur ce siège, me confirme, d'un signe de tête et d'un petit sourire, le privilège d'être sa fille adorée.

Je me jette de tout mon long sur cette place, oubliant totalement la précédente occupante qui n'avait pas tout à fait libéré l'espace. Mon bras heurte son épaule. Tout à coup une image emplit mon esprit : une jeune enfant pédalant gaiement dans un grand parc jusqu'à ce qu'un vélo qui circule à vive allure la renverse. Son petit corps est projeté sur le bas-côté, la fillette hurle en se tenant la jambe.

Puis, plus rien.

Je m'assis, chamboulée par ce flash que je mis sur le compte de la fatigue et de la chaleur étouffante de ce wagon. La réaction étonnante d'un corps un peu malmené.

Je pris conscience assez rapidement qu'il ne s'agissait pas d'un symptôme anecdotique. Les faits se reproduisirent à plusieurs reprises. Après avoir tenté vainement plusieurs mots-clés dans la barre Google, je devais me rendre à l'évidence, il ne s'agissait pas d'une maladie rare.

J'étais finalement juste un peu différente. Un peu comme tout le monde car jamais je n'avais rencontré deux personnes identiques…

Chapitre 2

Le réveil sonna déjà trois fois. Il était temps de se lever. Une dernière alarme et ce serait le silence. Je le savais, si je laissais ce silence s'installer, un nouveau cycle de sommeil commencerait et le cours de TD du mercredi matin se déroulerait sans moi.

Soudain, je réagis. Comme si mes deux neurones venaient de se connecter. Mercredi 9 heures. Cours de TD de « maths discrètes ». Il serait là, habillé, comme toujours, de son costume sombre, faussement décontracté. Ses cheveux grisonnants soigneusement coiffés en totale opposition avec cette barbe de trois jours équitablement parsemée de poils blancs et gris. Son regard profond, tellement profond qu'on en oublierait de définir la couleur de ses yeux. Ses lunettes rectangulaires qu'il plaçait sur son nez lorsque sa vue lui faisait défaut… Quel âge pouvait-il avoir ? Et puis, peu importe, il était tellement séduisant.

Dès le premier jour, il m'avait fait cet effet. C'était inexpliqué. Si intense. Plus le semestre passait et plus j'attendais avec impatience le cours suivant. Parfois, lorsqu'un temps assez important s'écoulait entre deux entrevues, je me disais que cette passade serait terminée. Qu'il devait s'agir d'un vieil Œdipe mal soigné. D'une certaine alchimie biologique, un mélange de phéromones et d'hormones qui me faisait perdre toute contenance pour cet homme que je ne connaissais finalement pas. Et puis, un nouveau cours arrivait et le désir se faisait plus intense, plus prégnant.

Je pensais à lui tout le temps, espérais le rencontrer au hasard d'un trajet en métro ou au rayon du supermarché mais jamais je ne le croisais. À croire qu'il n'existait qu'au sein de cette université, entre les murs ternis de cette salle de TD. Une fois, je l'avais vu partir et l'avais suivi du regard dans le parking des profs, l'avais espionné comme si je touchais là une bribe de son intimité. Il se mit au volant de sa voiture noire, posa sa sacoche sur le siège passager, démarra et s'en alla. Je fus déçue. Je ne savais pas ce que j'aurais pu raisonnablement espérer découvrir de plus sur lui en le voyant quitter l'établissement.

Ni une ni deux, je sautai du lit. N'ayant pas le temps de manger et de me préparer, le choix fut vite fait. En me lavant les dents, je passais au crible les tenues que j'avais déjà exhibées. Il fallait être jolie mais sans avoir l'air d'en faire trop : séduisante, mature, mais aussi décontractée que lui. J'eus du mal à me rappeler les tenues des fois dernières, cette idée me rassura. Si moi-même ne me souvenais pas comment j'étais habillée, comment lui pouvait-il l'avoir noté ? À moins que lui aussi… Très rapidement, je dissipai cette folie de mon esprit. C'était mon mot d'ordre et m'y tenais à la lettre. Ce coup de cœur n'avait rien de réciproque. C'était mon fantasme, mon « truc à moi ». Et c'était aussi une très bonne motivation pour cette matière qui ne me passionnait pas. Bref, que du bonheur ! Ne rien attendre de plus.

Au fur et à mesure que la station de la fac approchait, mon pas se faisait plus énergique, mes palpitations plus régulières et mon sourire plus radieux. David m'attendait devant la machine à café, une pièce à la main. À peine arrivée, il fit un geste pour attirer mon attention, accompagné d'un puissant : « Un café ? ». Je répondis presque malgré moi : « Oui ». Je ne résistais jamais à l'appel du café. Je savais que je lui plaisais. Et objectivement parlant, il avait également tout pour me plaire… Mais pourquoi n'y avait-il pas ce truc ?

Je regardais ma montre en buvant une gorgée de café. Comme souvent quand j'étais fatiguée, je me rendis compte que ce geste mécanique ne m'avait pas vraiment servi à lire l'heure qu'il était. Je me résolus à réitérer le geste. 8 h 50. Parfait. Encore cinq minutes à attendre et on monterait à l'étage. La salle serait ouverte et nous pourrions directement nous installer à notre place habituelle. J'installerais tranquillement mes affaires et choisirais le moment idéal pour lever la tête et croiser son regard. Je ferais alors un sourire timide et murmurerais un « bonjour » du bout des lèvres. Il me répondrait de la même manière. Puis le cours commencerait et je m'efforcerais de ne pas laisser mon esprit divaguer à de tendres rêveries.

8 h 55. Je gravis les marches avec hâte. La porte était ouverte, je le cherchai du regard, mais occupé à de studieuses explications en face du tableau noir, je ne vis que sa nuque. Je frissonnai et m'amusai toute seule de cette sensation. Qu'est-ce que je pouvais être bête, ce n'était qu'un cou.

Je m'assis. Le silence emplit la pièce et la jeune étudiante en cours particulier alla rejoindre sa place. Il se retourna, ses yeux croisèrent les miens, je lui souris et fis un geste poli de la tête. Il fit de même. Un sourire tendre et appuyé. Et si seulement…

J'armais deux fois mon porte-mine et recopiais la formule inscrite sur le tableau. Concentration, me répétais-je en moi-même, concentration. Puis à titre de récompense, quand l'effort fourni me paraissait suffisant, je m'octroyais un bref moment de récréation où je le dévorais des yeux et m'autorisais à laisser libre court à mon imagination.

Cette formule était incompréhensible. Comment pouvait il arriver à ce résultat ? Ma feuille était noircie par mes réflexions qui s'interrompaient nettes à la première difficulté. Je gribouillais frénétiquement ces échecs successifs. Ma feuille ressemblait à un de ces dessins dont on ne comprend le sens qu'au dernier coup de crayon. Oui, à bien y regarder, on pouvait y voir un chat, assis, qui s'amusait avec un… oh ! Et puis non, ça ne ressemblait à rien. Aucun trait de génie ne figurait sur ce brouillon ni artistique ni scientifique. J'appelais alors à l'aide le professeur. Celui-ci, attablé à son bureau, paraissait tuer le temps en parcourant un manuel. Il vit immédiatement ma main se lever et se dirigea à mes côtés. Il identifia mon problème et entreprit une longue explication. Je m'efforçai de suivre son raisonnement. Attentif à mes réactions, il ralentissait aux mordillements de stylo, reprenait à chaque froncement de sourcils et enchaînait à chaque hochement de tête. Nos interactions étaient d'une efficacité vertigineuse.

Une fois la démonstration achevée, il toucha du bout des doigts mon dernier griffonnage en me lançant un enjoué : « C'était presque ça ». Je lui rendis son sourire. Les yeux dans les yeux, j'en perdis mon stylo qui se mit à rouler dangereusement jusqu'au bord du bureau. D'un geste rapide, nous nous lançâmes simultanément à sa poursuite. Nos deux mains y parvenant dans le même temps, le fuyard était désormais emprisonné de nos doigts entrelacés. Le contact de nos deux peaux sembla arrêter le temps. Plus rien ne comptait hormis ces quelques centimètres d'épidermes qui nous reliaient dans une alchimie envoûtante. La salle était pleine mais plongée dans un profond silence nous étions seuls au monde. Mon cœur tambourinait au plus profond de mes entrailles. Cette sensation m'envoûtait. Un bruit sourd m'arracha à mes rêveries.

C'était Lucie qui avait fait tomber sa trousse. Accroupie par terre, elle ramassait son contenu qui s'était éparpillé sur le sol. Je la regardais sans la voir et repensais à mes fantasmes d'adolescente qui n'auraient même pas figuré dans la préface de « Cinquante Nuances de Grey's ». Cette idée me fit sourire. Toujours affairée, Lucie, croyant que ce sourire lui était destiné, m'en adressa un en retour. Je la rejoignis pour l'aider quand mon épaule effleura la sienne.

C'est alors que je la vis, elle, sur le bord de Seine, les yeux mouillés de larmes. Cet endroit, je le connaissais, je l'y croisais souvent à la sortie des cours dans les bras de son copain, amoureux comme jamais, à partager un sandwich, un mouchoir ou un baiser. À les voir ainsi, ils apparaissaient comme fusionnés en un seul être, ne gardant leur enveloppe corporelle que pour donner le change autour d'eux. D'ailleurs, l'un sans l'autre, ils semblaient comme égarés à la recherche de leur moitié. L'autre avait gardé une partie d'eux-mêmes. Ce n'était qu'une fois leur « tout » reconstitué qu'ils pouvaient contribuer au quotidien, discuter avec leurs amis, manger et rire. Ils avaient matérialisé cette dépendance par un pendentif en forme de cœur brisé dont chacun était le gardien de son ventricule. Cette relation, je la regardais d'un œil extérieur, critique et envieux.

L'image qui se figea dans mon esprit était tout autre. Tout était fini. Je ressentis brutalement cette sensation au fond de moi.

Mon don, au cours des années, s'était perfectionné. Une sorte d'évolution à la « Pokémon ». Mon moi plus jeune captait les souffrances physiques, mon moi actuel ressentait aussi les émotions. Ainsi, à seulement 26 ans, j'avais vécu déjà des multitudes de chutes, plusieurs accouchements, d'innombrables décès, ruptures et autres douleurs. Ces « sursauts de vie », comme il me plaisait de les nommer, me projetaient dans une autre réalité. Cette vie n'était pas la mienne, c'était celle des personnes que je croisais et côtoyais. Je la vivais pourtant pendant quelques secondes avec la même intensité que s'il s'agissait de ma vie, de mes émotions. Habituée à ces plongées soudaines, je n'y voyais que des intermèdes, une pause impromptue dans ma vie, pour vivre, juste un instant, celle des autres.

Chapitre 3

Ces immersions étaient apparues soudainement et ne m'avaient plus quittée depuis. Elles m'avaient fait grandir un peu plus vite que les autres, contrainte de traverser des épreuves qu'à un si jeune âge la vie nous épargne en principe. Certains de ces événements m'avaient profondément marquée, m'avaient laissé des traces indélébiles comme des accidents de la vie ou des deuils. Ces images et souffrances n'étaient pas les miennes, mais m'appartenaient pourtant subrepticement. Au départ, j'avais beaucoup de mal à m'en défaire. Les images revenaient sans cesse avec les sensations et les émotions. Elles refaisaient battre mon cœur à la chamade, me coupaient le souffle, me serraient la gorge. C'est ainsi qu'après avoir vu ma mère choquée par la chute de mon frère du deuxième étage de notre immeuble, j'avais perdu le sommeil pendant plusieurs jours. Pourtant, je n'avais pas assisté à l'accident. Ce jour-là, j'étais à mon cours de gymnastique, ma mère devait venir me chercher à 17 heures. À l'heure dite, personne n'était là. Ça ne lui ressemblait pas d'être en retard. Une heure d'avance, ça oui, mais une seconde de retard ne prédisait rien de bon. Quand elle arriva enfin, le cours suivant avait commencé depuis déjà 25 minutes et mon angoisse n'avait fait qu'amplifier. Le teint livide qui traversa la porte n'avait rien de rassurant. Ses mains tremblaient, tout comme sa voix qui semblait grésiller, ses mots étaient décousus, elle s'excusait platement auprès de ma professeure, lui expliquant les circonstances exceptionnelles qui justifiaient ce retard. Je saisis quelques bribes de son explication. Je me positionnai tout près d'elle, mon corps dans le prolongement du sien. Je vis soudainement l'image de mon frère s'écraser sur le sol, comme une poupée de chiffon ; complètement désarticulée, et ce bruit, un bruit sourd et effrayant, puis un silence vertigineux. Un silence de mort.

Tout à coup, je crus sentir le sol s'effondrer sous mes pieds, je ne comprenais pas. Mon frère avait eu un accident, il était tombé, une effroyable chute. Il aurait pu mourir, il aurait pu être paralysé, mais il n'avait eu qu'un bras cassé. Tout allait finalement bien, on avait échappé au pire. Pourquoi mon cœur était si fortement serré, pourquoi je peinais à parler, pourquoi mes mains se mettaient à trembler, au diapason avec celles de ma mère ? L'émotion était si grande que mes larmes se mirent à couler sans même que je ne m'en rende compte. Déglutir me demandait un effort considérable. Je m'étranglais comme si une force invisible avait entrepris de serrer de ses deux mains mon cou. J'essayais de me raisonner, ma mère était là et mon frère était vivant. Rien de grave n'était arrivé, on en reparlerait sûrement aux prochains repas de famille comme l'anecdote du moment. J'aurais voulu crier pour libérer de mon corps cette vague de détresse qui m'envahissait. Je n'y parvenais pas. J'étais devenue cette poupée de chiffon désarticulée à mon tour. Ma mère se tourna vers moi et je vis dans ses yeux l'étonnement de me voir dans un tel état. Elle s'agenouilla pour mettre son visage contre le mien, me posa ses mains sur mes oreilles, fort, comme pour me ramener dans une réalité qui m'avait échappée. Elle me dit calmement : « Tout va bien, ne t'inquiète pas, tout va bien ». Essayait-elle de se convaincre ou ces mots m'étaient-ils destinés ? Qu'importe, la douceur de ses paroles eut un effet bénéfique pour nous deux et la masse qui grossissait dans mon thorax commença à disparaître jusqu'à s'envoler complètement. Mes yeux rougis, mon nez dégoulinant et mes joues trempées de larmes n'étaient plus que les stigmates d'une douleur passée. Elle me prit la main et nous partîmes voir mon frère à l'hôpital. Dans la chambre où il attendait le passage du médecin, l'ambiance était tout autre. La peur et les douleurs de ces blessures avaient déjà laissé place à l'euphorie du plâtre qu'il pourrait arborer dignement au collège, en racontant fièrement ses exploits.

Comment un même événement pouvait-il générer des émotions aussi paradoxales ? La vie n'avait-elle pas de couleurs, à part celles que l'on voulait bien lui donner ?

Chapitre 4

Je n'en avais parlé qu'une fois et je n'avais jamais retenté l'expérience tant elle avait été décevante. J'avais partagé ce secret avec la seule qui était capable de me croire, celle en qui j'avais une confiance absolue.

Nous nous étions rencontrées le premier jour du collège et nous avions tout de suite sympathisé. Ensuite nous avions parcouru ensemble chaque étape de nos études, l'une avec l'autre. Ce n'est qu'à la fac que nos scolarités s'étaient séparées, je m'étais engagée dans la voie des mathématiques, elle avait préféré la médecine. Sur de nombreux points, nous partagions la même vision des choses. D'ailleurs, jamais je ne pus lui en vouloir de ne pas m'avoir crue ce jour-là. Moi-même, en pareille situation, je n'aurais pas réagi autrement.

Ce jour-là, j'avais eu une mauvaise note. Enfin, une note décevante au regard du travail fourni. Des critères de satisfaction d'une sévérité telle qu'ils m'avaient rapidement cataloguée par tous ceux qui me connaissaient comme « l'intello de service ». J'essayais de digérer cette « épreuve », distinguant méthodiquement les facteurs liés à la précipitation et ceux liés à un manque de concentration. Le tout laissant la part belle à l'injustice car même si le raisonnement n'était pas parfait, la notation me paraissait hasardeuse.

La cloche sonna, c'était l'heure de déjeuner. Mon emploi du temps me laissait deux heures. Emilie n'était pas dans ma classe cette année et avait cours jusqu'à 13 heures. Je me résolus à ne pas l'attendre car il faisait froid et l'idée d'accompagner mon groupe de camarades de classe dans la chaleur du réfectoire me réconfortait.

« Quelle belle amitié », me diriez-vous ! « Pas sûr qu'elle survive dans le temps, même si nous n'entrons pas dans une nouvelle ère glaciaire ! » Pourtant c'était tout le contraire. Je savais qu'elle comprendrait, une mauvaise note, le froid, la faim, je n'avais pas le courage d'errer seule pendant une heure dans cette cour de récréation aussi hostile qu'un terrain miné. À cet âge, tout est jugement. Dans d'autres circonstances, j'aurais assumé. Une bonne note et un grand soleil auraient pu me faire patienter comme je le faisais parfois. Un passage dans cette bande pour savoir si le week-end s'était bien passé, pour rebondir ensuite vers un duo de copines où j'étais toujours la bienvenue et finir l'heure avec ce groupe de potes qui, repu, parlait du nouveau hit à la mode. Non, c'était une mauvaise journée, je me réfugiais sous l'abri, dans la queue pour la cantine. Emilie ne serait pas seule, elle ne l'était jamais.

Le réconfort ne fut que de courte durée car derrière nous dans la file se trouvaient Sylvain et sa nouvelle copine. Sylvain c'était le garçon dont j'étais amoureuse depuis la 6e. Nous étions sortis ensemble dix jours et il avait fait valoir son droit à rétractation. Comme lorsque l'on achète une robe sur internet et que l'on dispose de quatorze jours pour la retourner et se faire rembourser.

Il ne m'avait pas fait l'honneur de partager les raisons de sa décision mais vraisemblablement, puisque son choix s'était rapidement porté sur une autre fille, bien plus grande et bien plus blonde, je supposai que c'était une question d'assortiment. Cela faisait près de quatre ans que notre « histoire fulgurante » avait pris fin et moi j'étais toujours aussi amoureuse. Je l'observais passer de conquête en conquête, jalousais les durées records de relation lorsque le délai maximum d'un mois était atteint et m'enthousiasmais d'un sourire poli lorsque par la force des choses, le fixant toute la journée, nos regards finissaient par se croiser. Bref ! J'étais accro à ce garçon que j'ai élevé, depuis, dans mon histoire personnelle, au rang de premier chagrin d'amour.

Plus la journée avançait et plus j'avais la certitude qu'elle ne m'apporterait rien de bon. Le menu de la cantine était tel que j'avais ingurgité un yaourt et deux morceaux de pain. Notre déjeuner rapidement avalé, nous avons été sommés de quitter notre table pour laisser la place aux suivants et avons été propulsés dans le froid humide de la cour. Il s'était mis à pleuvoir à verse. Nous étions tous les uns contre les autres, agglutinés sous le préau pour échapper aux gouttes. Le bruit des conversations, mêlé à la pluie, formait un brouhaha presque insupportable.

J'étais toujours avec mes quatre copines de classe qui débattaient sur la question de savoir s'il fallait ou non se couper les cheveux. Leur conversation ne m'intéressait pas. Non pas que je vaille mieux que ça. À un autre moment, j'aurai certainement défendu la position de Laure et soutenu que des cheveux longs permettaient de faire plus de coiffures que des cheveux courts, ou un autre jour, appuyé sans réserve celle de Jessica, arguant de la féminité d'une coupe courte nécessitant moins d'entretien. Elles parlaient, me prenaient à partie, et moi, je me contentais de hocher la tête avec un rictus forcé pour sauver la face.

D'un coup, mon regard s'arrêta sur cette fille, adossée contre la porte et je me sentis plus seule que jamais. Ellc avait l'air triste ou pire, sans expression. Elle avait l'air de ne pas être là et aurait pu être, comme dans les films d'épouvante, le fantôme d'une ado s'étant suicidée dans le collège cinquante ans plus tôt. Je savais que ce n'était pas le cas, cette fille, je la connaissais, elle avait été dans ma classe, en 5e ou en 4e. Je ne me souvenais plus, Emilie s'en rappellerait sûrement.

Je lui avais déjà parlé quand on s'était retrouvées au hasard des couloirs ou à attendre devant la salle de cours. Elle n'était pas très causante, à croire que ces longues heures à n'échanger avec personne lui avaient fait perdre la pratique du langage. Voyant que je l'observais, elle se redressa d'un seul coup. Balayant le regard de gauche à droite tel un animal effrayé, elle choisit comme camp de repli les toilettes des filles et s'y dirigea d'un pas décidé. Pour y accéder, elle passa derrière moi et me heurta légèrement. Je ne sais pas si elle l'avait fait exprès. Elle n'avait peut-être pas apprécié d'avoir été l'objet de mon attention pendant ces longues minutes. Décidément, c'était vraiment une mauvaise journée. Quand elle m'effleura, je fus projetée – en pensée – dans une pièce noire et malodorante. J'entendais au loin une porte qui se fermait, des pas qui montaient l'escalier, une poignée qui s'abaissait en grinçant et une ombre entrant dans la chambre. Un scénario digne d'Hitchcock qui me coupait littéralement la respiration, et pourtant, rien ne se passait. Laure me tapota sur le bras.

« Et tu dors debout ? Bouge on va être en retard en français ! »

À 16 heures, j'attendais Emilie, on rentrait à pied. On n'habitait pas vraiment à côté mais nous faisions, soit l'une soit l'autre, un détour pour prolonger le moment de se voir, surtout cette année où nous n'étions pas dans la même classe. Je lui racontais ma journée, ma note et les commentaires sur ma copie. Elle m'approuvait, ce professeur avait tendance à saquer les bons élèves selon elle.

Et puis j'engageais la conversation sur Fiona, sollicitant sa mémoire sur la classe qui avait été la nôtre.

— 5e sans hésitation. Tu te souviens, c'était l'année où on traînait avec Magali avant qu'on ne se parle plus.

— Ah oui, c'est vrai. Elle est bizarre quand même. Enfin… elle a l'air triste. Tu sais, des fois quand je vois certaines personnes et que j'ai un contact physique avec eux, j'ai l'impression de voir leur vie.

« Comment ça ? » me répondit-elle avec un sourire naissant.

— Et bien, j'ai des images qui me viennent. Ça m'arrive depuis que j'ai 12 ans environ. Pour elle, j'ai vu qu'elle était dans une pièce noire et j'ai senti qu'elle avait peur.

Emilie ne répondit rien ou peut-être un « Ah ouais ? » à titre de ponctuation. Nous étions arrivées chez elle. On s'est encouragées pour le DM de math qui nous attendait. Nous n'en avons plus jamais parlé.

Chapitre 5

Lorsque le cours s'acheva, j'étais comme ressourcée. Cette heure et demie à partager son oxygène me suffisait pour me ravitailler. Je m'étais emplie de ses images.

Ces quelques instants, comme des clichés photographiques, qui illustreraient mes prochaines rêveries. Je mémorisais la couleur de ses yeux, la courbure de ses lèvres, la largeur de ses doigts. Moi, qui n'étais pas physionomiste, je me sentais presque capable de le dessiner. Si seulement j'avais ce talent, je n'hésiterais pas et sauvegarderais ces précieuses données sur un support non susceptible d'être effacé par le temps qui passe. Car ces moments d'extase étaient de courte durée, 1 heure 30 par semaine. Une matière mineure qui en début de semestre me semblait bien trop longue mais qui à présent mériterait d'être approfondie.

Je ne me souvenais pas la première fois où il m'avait fait cet effet-là, mais indubitablement il y eut un avant et un après. Était-ce peut-être la fois où il s'était hasardé à faire une blague. La tentative avait été un échec total. L'auditoire s'est tu instantanément. Il ne s'était pas dégonflé et avait renchéri avec un sourire en coin. Cette assurance m'avait bluffée.

L'attirance au fil des semaines ne cessait de croître et ce rendez-vous hebdomadaire devenait de plus en plus essentiel. L'arrivée des examens de fin d'année et la période de stage sonneraient le glas de ces instants. Et c'était mieux ainsi. Cette obsession offrait des sensations tout à fait exceptionnelles. Des palpitations au cœur, des papillons dans le ventre et tous les autres clichés des séries à l'eau de rose, je me transformais en adolescente écervelée bien loin de mes aspirations de femme. Ce serait la fin de l'année et par la même la fin de cette romance dont il n'aurait jamais rien su.

En sortant du bâtiment, j'aperçus près de la machine à café Simon. Il semblait jouer avec les pièces qu'il tenait dans la main comme s'il attendait le bon moment pour insérer un jeton dans une machine à sous et remporter le jackpot. Il était concentré, pensif, il n'avait pas l'air d'être là. En même temps, sa moitié, qui avait partagé mon cours, n'était pas encore descendue. Mon « flash » comme j'avais pris l'habitude de les appeler dans mon for intérieur, n'avait peut-être été que la représentation d'un passage à vide dans leur couple.

Tout n'était peut-être pas fini. Il était là. Ce ne pouvait être un hasard, il connaissait chaque seconde de son emploi du temps. Il l'attendait. Ils se parleraient et ils reprendraient en cadence tous deux leur chemin de vie après avoir décidé ensemble s'ils repartiraient du pied droit ou du pied gauche.

Mes flashs se produisaient assez souvent. Cela dépendait des jours. Il m'arrivait de n'en avoir aucun pendant plusieurs jours et ensuite d'être envahie les jours qui suivaient. Cela m'amusait et accompagnait souvent mon ennui. Au fil du temps, cela devenait plus intense, plus concret.

Là où les premiers flashs ne faisaient que décrire les événements, ses circonstances ; les suivants me les faisaient vivre. Je ne ressentais pas la douleur à proprement parler mais je vivais l'intensité du moment. La peur, l'angoisse, l'incertitude dans laquelle était plongé chacun des protagonistes. Depuis l'épisode de l'accident de mon frère, j'avais réussi à travailler pour ne pas me laisser tourmenter par ces sensations plus longtemps que le temps de les apercevoir. Rien ne justifiait que je m'approprie la souffrance d'un tiers. Lorsque dans ma jeunesse, je n'y parvenais pas, j'avais l'impression alors de les déposséder de leurs sentiments. Je devenais comme un coucou qui se nichait dans la chaleur de leur malaise. Ce n'était pas juste et ne présentait d'ailleurs, aucun intérêt. M'emparer de leur douleur ne la leur rendait pas plus supportable. Ça ne fonctionnait pas comme des vases communiquant, l'un s'emplissait lorsque l'autre se vidait. Non, bien au contraire, la tristesse se dupliquait mollement, une pâle copie sans saveur ni authenticité. Un mal être qui naissait en moi temporairement et s'effaçait sans plus de logique. Mes 26 printemps m'avaient appris désormais à bien dissocier ce que je piochais et observais chez mes congénères et ce qui m'appartenait à moi et à moi seule.

Lucie descendit les marches en contrôlant de part et d'autre les individus qui se trouvaient dans l'entrée. Quand elle aperçut Simon, elle se figea et tourna brusquement la tête pour échapper à son regard. Elle poursuivit la descente d'un pas presque militaire, pressé et méthodique. Voulant suivre la réaction de Simon, je fis un rapide aller-retour. Lui était toujours là, sa tête s'était levée à la recherche d'un contact. Lorsque mes yeux se sont reposés à l'endroit où j'estimais approximativement retrouver Lucie compte tenu de son allure, je ne la trouvais pas. Elle s'était échappée et même si je ne l'avais pas vue faire, il me semblait qu'elle n'avait pu se soustraire ainsi qu'en substituant au pas militaire le pas des marcheurs olympiques. Ceux qui empruntant la démarche de palmipèdes, marchaient en se dandinant bien plus vite que le commun des mortels qui court.

Simon avait lui aussi perdu de vue sa belle. Relâchant en même temps les muscles de son cou et de ses épaules, il s'affaissa brutalement. Son corps avachi sur lui-même tentait de faire disparaître son visage, à l'image des hérissons que l'on effleure. Cette position ne suffit pas à cacher les larmes qui coulaient le long de ses joues.

Sa main droite continuait par mouvements nerveux à triturer ce qu'elle contenait. Lorsqu'il ouvrit légèrement sa paume, je pus apercevoir les deux colliers et les demi-cœurs qui s'entremêlaient. C'était fini et il avait eu la garde des cœurs.

Ni une ni deux, je le rejoignis prétextant l'achat d'une boisson chaude quelconque. J'insérai la pièce dans la fente, choisis, par défaut, la collation la moins pire et le bousculai de mon coude. Celui-ci ne réagissait pas. Son enveloppe corporelle était toujours là, mais son esprit était indéniablement ailleurs. Une fois ma tasse récupérée, je le bousculai de nouveau. J'agissais par pure curiosité et ce trait de caractère n'avait fait que s'amplifier les années passant depuis la découverte de mon don. Bien sûr que je savais que la curiosité était un vilain défaut, mais je limitais mes intrusions au strict nécessaire pour me permettre d'évaluer une situation et les personnes que je rencontrais. Mes multiples heurts avaient fini par le faire réagir, il leva la tête lentement, comme s'il était au ralenti, revenant de très loin parmi nous. Nos yeux se fixèrent brusquement. Les siens étaient d'un bleu profond, on y distinguait comme des petits nuages dans cette immensité céruléenne. Cette couleur contrastait avec le contour rougeâtre et humide de ses paupières. À ce moment-là, j'eus un flash. Son visage attristé avait laissé place à un large sourire et ses yeux regardaient intensément sa partenaire de danse, qui virevoltait de droite à gauche sur une vieille chanson de rock'n'roll. D'un mouvement sec, il replia son avant-bras, projetant dans le même temps, la danseuse dans le creux de son torse. Sa tête avait suivi le mouvement, et s'approcha dangereusement de l'autre crâne. Il n'eut aucun choc. Un contrôle parfait, millimétré, leurs bouches se frôlaient presque ; puis un dernier mouvement avait suffi pour les réunir en un baiser passionné. La chanson se faisait toujours aussi endiablée mais les jeunes amants ne l'écoutaient plus, ils s'éloignaient déjà de la piste de danse. La main dans la main, cette parfaite inconnue le suivait du même pas empressé. Comment avait-il pu piétiner ainsi, au rythme des guitares, le cœur de son aimée ?

Chapitre 6

De mon côté, c'était décidé, il fallait mettre fin à cette folie furieuse. N'était-ce pas une folie de rêvasser des heures durant sur quelqu'un qui ne vous connaît pas ? Que l'on ne connaît pas non plus d'ailleurs… S'imaginer vivre une magnifique histoire d'amour alors qu'il ne se passera jamais rien ?

Les cours étaient finis et les examens passés. Il n'existait plus aucune raison valable de le revoir sauf à être au rattrapage. Fort heureusement je n'avais pas entièrement perdu la raison et n'avais pas saboté mon épreuve pour espérer le voir une heure ou deux supplémentaires pendant sa corvée de surveillance. L'idée m'avait peut-être traversé l'esprit mais rien de très sérieux.

Voilà deux semaines que je ne l'avais pas vu, pas croisé, je n'avais même pas lu son nom. Cette remarque n'est pas anodine parce que, oui, la lecture de son nom sur n'importe quel support, provoquait en moi ces papillonnements au creux du ventre… une folie furieuse, pas seulement une expression, une pathologie.

Les beaux jours arrivaient, les cours finissaient et la période de stage pointait son nez. Des circonstances parfaites pour faire le point sur sa vie et en reprendre les rênes.

Niveau professionnel rien à dire. J'avais réussi brillamment mon année, j'avais trouvé un stage rémunéré qui plus est dans un laboratoire de recherche sur un de mes thèmes préférés. J'étais aux anges si je faisais abstraction de l'autre pan de ma vie, la partie amoureuse.

Arithmétiquement, les deux côtés s'annulaient. Mes objectifs professionnels étaient aussi brillants que mes relations sentimentales étaient pitoyables.

J'avais passé toute l'année à fantasmer sur un homme avec qui je n'échangeais rien d'autre que des problématiques scientifiques. Me rêvant dans ses bras, frôlant ses lèvres de mes lèvres et effleurant tendrement sa langue… bref je pensais très régulièrement à lui. En parallèle de cette imagination prolifique, les « vrais » événements n'étaient pas légion. On pouvait aisément les détailler. Je les passais et repassais dans ma tête laissant divaguer mes errances tout autour pour tenter d'approcher un bout de réel.

Il y avait cette fois magique où nous nous sommes heurtés et excusés simultanément. Et cette autre fois on nous avons ri à la même blague. Trois ou quatre jeux de regard et une poignée de main.

Oui, il était temps de laisser tout ça de côté. Pour n'en garder que le vrai. Et en vrai, il n'y avait rien. Une étudiante qui admirait et trouvait séduisant son professeur et un professeur qui donnait des cours à une classe d'étudiants.

Une fois retrouvé un peu de rationalité, il fallait étudier le champ des possibles. Bien entendu, il y avait David… Nous avions passé beaucoup de temps ensemble. Nous avions révisé, nous avions parlé, nous avions mangé. Nous avions passé de bons moments tous les deux, je ne m'en souvenais d'aucun en particulier, mais c'était globalement très agréable.

Nous ne travaillions pas dans le même laboratoire mais nous trouvions toujours des moments pour nous voir. C'était simple et surtout c'était vrai.

Je savais ce qu'il ressentait pour moi. Je le savais parce que je l'avais vu. Un flash comme un autre sauf que celui-ci me concernait. Je le voyais allongé sur son lit, écrivant méthodiquement chaque texto qui m'était destiné, avant de les supprimer pour les remplacer par les banalités finalement envoyées.

Il était beau, il était gentil, il était marrant et il était amoureux de moi. C'était presque trop facile.

C'est finalement moi qui ai fait le premier pas. Je crois qu'il n'aurait pas risqué de tout gâcher. J'aurais pu jouer le jeu de la séduction : envoyer des signes en espérant qu'il les comprenne, attendant qu'il m'en envoie en retour et continuer ainsi quelque temps. Mais je voulais du vrai. Alors un soir, l'alcool aidant et après avoir rigolé comme des veaux en regardant une parodie à la télé, j'ai lâché un : « Et c'est quand exactement le moment où tu m'embrasses ? »

Je pense qu'il ne s'y attendait vraiment pas. Il a un peu avalé de travers, une milliseconde avant de reprendre une totale maîtrise de ses moyens. Avec son air sérieux et assuré, il m'a attrapé le cou et m'a embrassée tendrement.

David était beau. David était gentil… David était drôle et il embrassait divinement bien.

Chapitre 7

Est-ce que je l'aimais ? Je n'arrivais pas à me décider. La question revenait inlassablement dans mon esprit, organisant dans une colonne « Pour » et une colonne « Contre », les différents arguments qui appuyaient l'une ou l'autre cause. En réalité, de mes précédentes relations, je mesurais mon amour en fonction de la durée de guérison, une fois la rupture prononcée. Avant cela, je demeurai dans cette incertitude perpétuelle. Jacques Prévert écrivait « On reconnaît le bonheur au bruit qu'il fait quand il s'en va ». Jamais la fin d'une histoire ne m'avait laissée indifférente. À leur manière, toutes, elles m'avaient bouleversée. C'est ainsi que je pouvais qualifier, *a posteriori*, ces aventures comme des amours épisodiques. Pourtant, j'avais acquis la certitude, un jour grâce à l'un de mes flashs, que je n'avais jamais réellement connu l'Amour, celui que l'on écrit avec un grand A. Ce jour-là, j'étais allée au cinéma avec mon petit-ami de l'époque. Alors que nous faisions la queue pour acheter les gourmandises habituelles, mes yeux se posèrent sur un couple de personnes âgées. On dit souvent que les vieux couples finissent par se ressembler, on leur reconnaît des traits communs aussi bien de caractère que physiques. Pourtant, cela semble impossible ; les gens ne finissent pas par fusionner à force de se côtoyer. Eux deux étaient le contre-exemple parfait. Si leurs doigts n'avaient pas été enchevêtrés si serrés, ma première pensée aurait été qu'ils étaient frère et sœur. Mais là, nul doute, la tendresse qui les liait n'était pas de cet ordre. Pourtant, ils se mouvaient d'une même impulsion. Leurs gestes étaient lents, ce qui n'avait rien d'extraordinaire eut égard à leur âge, mais avec une fluidité qui ne permettait pas de déterminer qui de l'un ou l'autre menait la danse. Ils semblaient en réalité comme portés par le même courant, ne pouvant lutter contre cette force extérieure qu'en faisant front tous les deux, à l'unisson. Ils étaient en train de choisir un paquet de bonbons. Cette décision paraissait aussi importante que le choix du film au cours duquel ils auraient le droit de le savourer. Complices, ils s'amusaient de cet écart, une petite rébellion à leur régime alimentaire strict. Ils parlaient si faiblement que l'on se demandait si eux-mêmes s'entendaient ou s'ils lisaient sur leurs lèvres. À moins que là encore, les lustres qu'ils avaient partagés les avaient dotés d'un don de télépathie. Leurs murmures étaient ponctués de sourires, pas ceux que l'on expose avec de grandes dents, ceux que l'on dissimule du coin des yeux. Alléchée par l'odeur des popcorns, je me dirigeai vers eux pour attraper le plus grand des formats. L'étagère était haute et je dus me hisser sur la pointe des pieds pour parvenir à saisir le coin du paquet. Cette entreprise était risquée et je perdis rapidement l'équilibre, allant jusqu'à m'étaler de tout mon long sur le sol. Sur mon trajet se trouvait la pauvre vieille dame que je ne fis qu'effleurer finalement. Son époux l'avait saisie fortement par les épaules, l'entourant de ses bras et pivota pour la protéger de l'énorme danger que je représentais. Ma chute ne me projeta pas au milieu de la boutique de bonbons du cinéma de quartier, mais dans un immense champ. Levant les yeux, je reconnus malgré leurs traits juvéniles, mes deux amoureux. Elle était vêtue d'une robe légère à petites fleurs orange, lui portait un uniforme militaire. La brise printanière faisait s'envoler les pissenlits, à moins que ce ne soit leurs corps, qui, liés par leurs bras entrecroisés, tournoyaient, et ne devaient à cet équilibre instable, que l'application de l'effet de la force centrifuge. Ils riaient de si bon cœur que leurs voix déchiraient le silence de la nature. Ils semblaient être seuls au monde, loin de tout ce qui les avait séparés jusque-là. Rien d'autre ne comptait, ils étaient là, l'un pour l'autre et ce serait comme cela à présent. Il ne la quitterait plus, il veillerait sur elle, il la protégerait jusqu'à son dernier souffle. La promesse qu'il lui avait faite ce jour-là était encore omniprésente, elle les avait accompagnés durant ces longues décennies de mariage. Cela semblait si pur, si simple, si naturel. C'était écrit et ils ne faisaient que jouer la musique couchée sur le papier.

Je me réveillai de cet épisode bucolique animée d'une envie un jour de connaître les mêmes sensations. Je tournai la tête en direction de mon copain qui était toujours en train de faire la queue aux caisses, n'ayant même pas remarqué ma chute rocambolesque.

Cette fois-ci, je sus avant la fin de notre histoire, qui ne tarda pas à arriver, que ce que l'on vivait n'était en rien de l'Amour. J'avais vu à quoi il ressemblait, je saurai le reconnaître le jour où ça m'arriverait.

Chapitre 8

Pas de grande lettre majuscule non plus pour qualifier ce que je vivais avec David mais l'été se passait bien, je n'avais rechuté qu'une seule fois. À vrai dire à plusieurs reprises j'avais lutté pour ne pas penser à lui. Généralement, cela arrivait quand mon esprit n'était plus occupé à une tâche déterminée. Si je travaillais, voyais du monde, David ou regardais la télévision, je parvenais sans trop de difficulté à faire abstraction de son existence. Je ne dis pas que son visage n'apparaissait pas subrepticement dans mes pensées. Mais après avoir culpabilisé un peu – surtout depuis que nous formions un couple avec David – je suis parvenue à me convaincre que moins de cinq secondes ça ne comptait pas. C'est fou, ce que la conscience peut faire, la conscience peut le défaire – le parallélisme des formes.

Ces brefs moments d'égarement ignorés, j'aurais pu être nominée pour le titre de meilleure petite amie de l'année. Toujours disponible et souriante, j'étais dans la juste mesure du « je veux être avec toi » et du « mais bien sûr va voir tes copains ». Nos moments s'alternaient entre de vrais moments de tendresse et des belles promesses de complicité.

Enfin il est certain que j'aurais été unanimement déchue de mon titre si les membres du jury avaient su ce que j'avais fait le jour de la « rechute ».

C'était un samedi, je crois, et nous avions prévu de pique-niquer avec David au lac de Daumesnil. J'étais un peu en avance et en profitais pour bouquiner un peu. Il faisait vraiment beau et ma robe pourtant très légère me semblait de trop. J'avais trouvé un banc mi à l'ombre mi au soleil. Je pris quelques secondes de réflexion pour tenter de déterminer si la rotation de la Terre allait accroître ou réduire l'espace de fraîcheur. Je m'étonnais parfois à quel point je ne laissais aucune place à l'imprévu dans ma vie. Forte de ce constat, je décidais de renoncer à mon analyse. Peu importe, on se déplacerait s'il faisait trop chaud.

Je m'assis et entrepris ma lecture là où je l'avais laissée la fois précédente. Assez concentrée, je ne levais la tête que pour détailler les personnes qui semblaient s'approcher de moi et qui du même coup auraient pu être David. Alors que j'avais terminé ma énième vérification et m'apprêtais à replonger dans mon intrigue, je crus l'apercevoir.

Lui ! Pas David !

Il était de dos et je ne voyais que son allure générale. Mon cœur se mit à battre la chamade. Ce ne pouvait être que lui qui me faisait un tel effet. Je ne l'avais pas vu depuis presque deux mois et je pris cet événement comme un signe du destin. Le problème étant qu'il s'éloignait et que rien ne permettait de savoir où il allait exactement. J'aurais pu simplement le suivre mais comment parvenir à le croiser ? Il aurait fallu justifier d'une accélération digne de « Usain Bolt » pour le dépasser, puis entreprendre une volte-face pour lui parler. Et rien dans ma tenue n'aurait pu conforter l'idée du jogging au soleil…

Je n'avais plus beaucoup de temps avant de le perdre complètement de vue, il me fallait agir.

D'un mouvement sec, je fermai mon livre, me levai et m'enfonçai dans les bois environnants. Si je courais assez vite, je pouvais en ressortir de l'autre côté et prendre le chemin inverse ni vu ni connu ; espérant qu'il ne prenne pas l'embranchement à gauche. Je courrai comme une dératée, me griffant les jambes et les bras avec les branches, me prenant deux fois une souche d'arbre, m'écorchant ainsi les genoux. Il faisait une chaleur à crever et effectivement ma tenue n'était pas du tout adaptée à une telle activité physique.

Mes chevilles partaient de tous les côtés et je ne comptais plus les petites entorses que je m'infligeais. Estimant avoir suffisamment pris d'avance et n'ayant de toute façon plus la force de continuer, je décidai d'entamer le retour sur le chemin. Je m'étais enfoncée plus que prévu et me retrouvais en haut d'une butte, le chemin était en contrebas. Il me fallait sauter pour le rejoindre. Ni une ni deux je me jetai littéralement sur le sol. Mes chevilles déjà endolories n'étaient une nouvelle fois pas ménagées. Mes deux mains, au sol pour absorber le choc et me ressaisir, étaient-elles aussi, mises à rude épreuve. Je me redressai comme un athlète olympique qui après avoir clairement raté sa prestation tente de faire bonne impression avec un salut digne de ce nom.

J'étais en nage, toute rouge, et à divers endroits en sang mais j'avais ce sourire de celle qui s'apprête à revoir celui qui lui a tant manqué. Je regardais par là où il était censé arriver.

Mais rien !

Par contre, David arrivait de l'autre côté et me regarda d'un air circonspect.

— Et alors qu'est-ce qui t'est arrivé ? Tu t'es battue avec un ours ?

Je lui inventais une raison moyennement plausible pour justifier mon état. Ce n'était pas très crédible, ça parlait de souvenir de mon enfance, de chien qui aboyait et de peur soudaine. Il ne semblait pas remettre en cause mes explications mais avait du mal à cacher son étonnement. Pour changer de sujet, car visiblement nous étions tous les deux très mal à l'aise, il me dit en prenant ma main :

— Je suis presque sûr d'avoir vu notre prof de TD là-bas qui marchait.

Je lui répondis simplement : « Ah ? Vraiment ? » et le jalousais terriblement d'avoir eu la chance d'avoir pu croiser son regard.

Chapitre 9

Avant la fin de l'été, je mis fin à ma relation avec David.

Après l'aventure dans le parc, j'étais passée par toutes les phases. La culpabilité, la colère, la honte. Ce dernier sentiment était le plus tenace, je voyais David faire des projets pour tenter de commencer à construire notre vie à deux mais j'étais cruellement absente dans cette entreprise. Plus je le voyais s'attacher et plus je prenais conscience de mon propre détachement.

J'avais commencé par ne pas être honnête avec moi-même en jouant à la petite amie amoureuse. Une fois la supercherie révélée, il m'était impossible de lui mentir un instant de plus. Je lui ai certainement débité toutes les phrases creuses et habituelles dont les couples usent et abusent pour se défaire l'un de l'autre. Ce n'était pas lui, cette histoire avait pris une ampleur qui me dépassait, j'aimerais vraiment qu'on reste amis.

Il était resté immobile, placide, sans réaction. Il n'a pas eu l'air étonné et semblait attendre ce moment où l'épée de Damoclès déciderait enfin à s'abattre sur lui.

Une fois ma situation en accord avec mon esprit, je me sentais libérée et pouvais reprendre mon chemin tranquillement bien que je ne sus pas vraiment où il me menait.

Mon stage s'était terminé et le laboratoire me proposait un contrat de mission pour finaliser le dossier.

Je me plongeais à corps perdu dans mes recherches et mon travail avançait à une allure fulgurante.

J'avais une énergie renouvelée et acceptais quasiment toutes les sorties organisées en dehors de mon temps consacré au travail. Je dormais peu mais ces quelques heures de sommeil suffisaient à maintenir ce rythme effréné.

Ce soir-là, Emilie me proposait de l'accompagner avec Pierre à une soirée organisée chez un ami à lui. Je me réjouissais de ces moments car avec eux, je ne me sentais jamais de trop, je ne tenais jamais la chandelle. Il faut dire aussi que leur histoire durait depuis le collège et que nous étions habitués à cette configuration. Avec eux je n'étais pas la cinquième roue du carrosse mais la troisième roue de la trottinette, nous roulions bien ensemble et quand je n'étais pas là, il retrouvait instantanément leur équilibre à deux.

Dès notre arrivée, Pierre présentait Emilie à un de ses amis et je m'éloignai du groupe en direction des boissons pour me servir un verre.

Balayant du regard la table et les boissons qui s'y trouvaient, j'optai pour la bouteille de vin rouge et me penchai pour la saisir. À cet instant, ma main heurta une autre main qui avait entrepris la même démarche. Surprise, je levai la tête en direction de son propriétaire et le vit, lui. Le sol se déroba sous mes pieds, et je me sentis comme aspirée de l'intérieur. J'en perdis l'équilibre et il me rattrapa de sa main restée non loin de la mienne.

— Ça va ?

— Oui, oui très bien.

Remise de mes émotions, je pus lui offrir mon plus radieux sourire qu'il me rendit. C'était le moment, je ne pouvais pas laisser passer cette chance. Le destin m'offrait une opportunité, il me fallait la saisir.

Depuis ma rupture d'avec David, je m'étais de nouveau autorisée à rêvasser librement à lui. Je me demandais souvent où il était, ce qu'il pouvait faire et s'il lui arrivait parfois de penser à moi. Mon entrée dans le monde du travail avait définitivement effacé tout espoir de le revoir un jour.

Manifestement, nous ne fréquentions pas les mêmes endroits. J'avais beau observer minutieusement à longueur de journée, tous les individus, de tous les espaces que j'occupais, je n'avais jamais eu l'occasion de le rencontrer. Des fois, avec dérision, je m'amusais en comparant ma vie à un « où est Charlie ? » géant, je le cherchais partout. Ce jeu, je ne le gagnais finalement pas mais sans le bonnet rouge et les rayures, il est vrai que la tâche était plutôt ardue.

Bien entendu, il y avait le lac Daumesnil où j'avais depuis septembre entrepris une routine de deux joggings hebdomadaires. Chacun doit savoir trouver au fond de lui la motivation pour faire du sport, la mienne était sans faille.

Il fallait engager la conversation. Peu importe laquelle tant qu'elle saurait instaurer une discussion entre nous moins éphémère que celle généralement adoptée devant le stand boisson des fêtes.

Il prit l'initiative :

— Je vous sers un verre de vin ?

— Oui avec plaisir, je vois que nous avons le même péché mignon.

Immédiatement je m'en voulus d'avoir répondu une telle ânerie. Et si ce verre n'était pas pour lui ? Et s'il était accompagné, qu'elle l'attendait un peu plus loin et qu'il n'était là que pour lui servir son verre et la rejoindre ?

— Je le reconnais me répondit-il me souriant de plus belle. Si c'est là notre seule tare, nous nous en tirons bien…

Et la conversation se poursuivit naturellement. Après avoir évoqué une multitude de thèmes divers et variés dans des échanges animés et ponctués d'éclats de rire, lorsque nous sortions enfin de notre bulle, il s'était écoulé plusieurs heures et la salle s'était vidée de plus des deux tiers des invités.

J'aperçus Pierre et Emilie qui me regardaient. Bien conscients du moment magique que je vivais, ils n'avaient pas osé m'approcher de risque de le briser. Pourtant, ils semblaient éreintés, n'échangeant que des bribes de phrases, pas tant pour communiquer, mais pour éloigner le sommeil qui les guettait, et en guise de ponctuations, utilisaient des bâillements réguliers.

— Mes amis entrent dans leur premier cycle de sommeil, je crois que je ne vais pas les faire attendre plus longtemps. Mais j'ai passé une excellente soirée et j'aimerais beaucoup que l'on se revoie.

La partie allait vraiment commencer, j'avais le numéro de téléphone de Charlie.

Chapitre 10

Il ne s'appelait pas véritablement Charlie. Ça y est, il était inscrit dans mon répertoire et moi dans le sien. Il me semblait que le plus dur était passé, que j'avais désormais le sésame qui m'ouvrirait toutes les portes. Je déchantai assez rapidement, la soirée magique du vendredi fut suivie par la journée du samedi sans nouvelle, elle-même suivie par celle du dimanche, aussi pauvre en information. Un silence radio complet.

Les questions commençaient à fuser… et s'il n'avait pas passé une bonne soirée et que cet instant de complicité n'avait été qu'une impression personnelle… et s'il n'osait pas me contacter, il était professeur après tout c'était peut-être interdit par le règlement… et s'il n'avait pas bien noté mon numéro et qu'il n'avait donc aucun moyen de me joindre… et s'il avait perdu son téléphone depuis… et s'il avait quelqu'un et c'était donc ressaisi après ce moment passé ensemble ?

Pour retrouver une once de sérieux, j'entrepris ce que je faisais le mieux au quotidien : mettre en place un raisonnement scientifique.

Les données connues : on avait passé un vrai moment de complicité qui avait dû être, au moins sur le moment, partagé puisqu'il m'avait donné son numéro. Il ne m'avait pas écrit depuis, ce qui représentait désormais 4 jours, soit 96 heures soit, tout de même 5760 minutes.

Nous n'aurons plus l'occasion de nous croiser. Pendant toute l'année universitaire, je ne l'avais vu qu'à la faculté et il a fallu la soirée de l'ami d'un ami pour qu'on se revoie plus de 3 mois après la fin des cours. Une coïncidence qui ne se renouvellerait certainement que lors du prochain siècle. Dernière donnée : j'avais cruellement envie de le revoir.

La donnée inconnue, et pas la moindre, était-ce réciproque ?

La problématique : Qu'avais-je donc à perdre ? Pas grand-chose. Le plus grand risque : Un petit moment de solitude qui me permettrait de tourner la page sur ce « fake sentimental ». Ça ne me ferait pas de mal de retomber sur terre, préalable indispensable pour créer une vraie histoire avec un vrai être humain et non simplement une image rêvée et fantasmée sans aucune matérialité. Je ne le croisais jamais nulle part, ce serait vraiment un comble de malchance s'il décidait soudain d'emménager à l'étage du dessous… Et puis, si c'était le cas, ce ne pourrait pas être pire que l'individu qui me servait de voisin et qui semblait me détester. Il criait à l'instant où je rentrais chez moi et ne cessait qu'au moment où je quittais l'appartement.

La décision était prise : il me fallait agir.

Restait à savoir quels moyens utiliser.

Bien entendu, je n'avais que son numéro et le choix n'avait rien de cornélien : spontanéité et fraîcheur d'un appel téléphonique ou texto réfléchi qui ne laissait place à aucune improvisation. J'optais pour la sécurité d'un écrit, ne me faisant aucune confiance et me rappelant des messages de répondeur laissés çà et là, aux pauvres victimes de mes appels.

Il fallait à présent choisir les mots. Ne pas rater l'essai, je n'avais qu'une seule cartouche, je ne pouvais pas me permettre de la gâcher.

Je lâchai prise quelques instants et les mots vinrent à moi d'eux-mêmes.

« Je ne peux m'empêcher de penser à vous. Auriez-vous une solution à ce problème ? »

Je cliquai sur « envoyer ». Une sorte de folie teintée d'évidence…

Chapitre 11

Une fois le message parti dans les tuyaux de la télécommunication, ma première réaction fut de regretter ce geste. Avais-je bien fait ?

La réponse à mon message ne me laissa pas le temps de me perdre dans une introspection punitive.

— Je dois reconnaître que vous êtes également dans mes pensées. Par conséquent, il n'y a pas de solution faute de problème.

Je relus le message, le sourire aux lèvres, un bon millier de fois.

Nous nous donnâmes rendez-vous et c'est le plus simplement du monde que notre histoire a commencé.

Il avait 43 ans, n'avait jamais été marié, et n'avait pas d'enfant. Il était passionné par son travail. Et du jour au lendemain, il devenait le centre de mon existence.

Je pensais à lui me levant le matin et trouvais à chaque moment un prétexte pour le faire ressurgir dans mon esprit. Je retrouvais ses expressions chez les gens qui m'entouraient, ses tics de langages et même ses petites manies.

Nous apprenions à nous connaître fougueusement, avides de toucher du doigt au plus près les tréfonds de nos vies respectives. Je lui parlais de mes parents, de mes frères, d'Emilie. Il me retraçait son parcours, ses échecs et ses angoisses.

Jamais je n'eus de flash avec lui. Je me laissais porter par cette ivresse et rien autour ne comptait. Je ne m'éloignais pas vraiment de mes amis et ma famille, je les retrouvais ponctuellement pour un verre ou un barbecue, mais je semblais flotter au-dessus d'eux, sur mon nuage, les observant d'en haut, constatant qu'ils étaient bien là et semblaient aller bien.

D'eux non plus d'ailleurs je n'avais eu de nouveaux flashs, ni d'inconnus. Peut-être étais-je guérie, après toutes ces années, je retrouvais la normalité de mon jeune âge. Que c'était bon d'être comme tout le monde et de jouir profondément de ces instants en espérant religieusement qu'eux aussi ne s'échapperaient pas un jour.

Chapitre 12

Les semaines passaient et on pouvait dire de nous que nous étions heureux. On rigolait beaucoup et échangeait nos points de vue sur la moindre chose qui nous entourait.

Je ne me posais pas beaucoup de questions. L'absence totale de flashs le concernant m'avait fait peur au début. Est-ce que ça voulait dire qu'il ne jouait pas franc jeu, qu'il me cachait quelque chose ? En général, lorsque je rencontrais de nouvelles personnes et que je les voyais de manière assez régulière, j'avais toujours une phase très prolifique de flashs au début, comme pour rattraper le temps perdu où je ne les connaissais pas, mais là rien.

Il m'avait raconté beaucoup d'anecdotes de sa vie, des pans entiers de son enfance, certaines de ses histoires d'amour mais je sentais que parfois le fil de sa pensée se coupait net, comme s'il s'approchait d'une lame de rasoir et que frôlant de trop près une vérité qu'il ne voulait pas partager, il gardait soudainement le silence, en pleine phrase.

Je n'arrivais pas à déterminer exactement à quel moment j'avais commencé à l'aimer. Était-ce pendant cette année, où, sans le connaître, il occupait déjà toutes mes pensées ou, plus tard, lorsque nous avons réellement vécu ces moments de complicité ? L'amour pouvait-il s'installer là où deux êtres ne se croisent qu'à peine ? Ce lien existait-il avant et notre relation n'avait-elle ainsi que contribué à le solidifier ?

Ce n'était pas tout à fait vrai de dire que je ne me posais pas de questions, mais les réponses m'importaient peu.

Je me questionnais comme j'aimais le faire dans mon travail, car c'est là le début de toute découverte, le questionnement. Le résultat peut paraître bien des fois peu satisfaisant. Surtout lorsqu'il arrive vite. Car c'est bien souvent, la réflexion qui amène à la solution qui est source d'intérêts.

Je me rappelais ainsi, avec nostalgie, de ces dimanches midi, où pour une fois dans la semaine, la famille réunie, nous partagions nos repas tous ensemble. De mon plus jeune âge, j'ai souvenir des grandes questions dont nous débattions, sur des thèmes de toutes sortes, en plein déjeuner, pendant de longs, très longs moments. À l'époque, nos téléphones ne servaient qu'à téléphoner, et pour ce faire, nous étions contraints de rester debout devant le meuble où trônait le seul appareil du foyer. Au cœur du débat, après que chacun avait fait part de ses réflexions personnelles, le plus animé des interlocuteurs se levait pour rechercher une source de données plus concrète, comme un dictionnaire ou une encyclopédie. Là, le silence se faisait, chacun récupérant le précieux ouvrage pour en tirer les arguments de son plaidoyer. Jusqu'au fameux moment, où repus, le plaisir de la conversation s'évanouissait, et nous parvenions alors ensemble à nous accorder à ce qui nous servirait de réponse ferme et définitive au débat dominical. Désormais, l'arrivée des Smartphones avait sonné le glas à ces discussions animées, chacun interrogeant son moteur de recherche, les réponses convergeaient en une microseconde, anéantissant du même coup, toute perspective de réflexion.

Ce que je ressentais était assez indéfinissable. Un peu comme des nuages que l'on regarde dans le ciel et qu'on associe à des objets. Le temps de formuler notre impression, la forme se mut et l'image disparaît.

Avec lui, c'était cela.

J'avais identifié clairement de l'admiration, de la fascination, du respect, une alchimie, une complicité, et finalement peut-être un peu de tout ça réuni. Je ne dis pas que depuis que nous nous fréquentions je voyais la vie tout en rose, mais elle paraissait plus lumineuse.

Il me semblait n'avoir jamais ressenti quelque chose d'aussi fort. Bien sûr mes précédentes histoires avaient, elles aussi, leur lot de merveilleux, surtout à leur début, mais celle-ci était différente des autres. En tout cas, cette relation n'avait rien de comparable à celle d'avec David. Là où ce dernier m'apportait de la sécurité et du confort, lui me perdait dans un tourbillon de sensations.

Je savais que c'est ce qui m'avait manqué avec David, cette passion, ce souffle qui me rappelait à chaque seconde que j'étais vivante. Même si notre couple avec David n'avait duré qu'un été, j'avais rapidement ressenti une certaine apathie. À présent, tout était comme amplifié, mes rires plus cristallins, et mes larmes plus chaudes, j'étais une multitude d'émotions. J'étais en vie et ça me faisait un bien fou.

Chapitre 13

Je n'ai jamais vraiment été jalouse. De prime abord, je donne ma confiance à tous ceux qui me paraissent en être dignes. Et sauf incompatibilités manifestes, ces personnes-là constituent la majeure partie du monde qui m'entoure.

En réalité, j'estime que la confiance est un cadeau, elle peut être donnée assez rapidement car c'est ce qui contribue à rendre le monde meilleur. Par contre, il appartient à celui qui reçoit cette offrande de savoir la conserver. La moindre défaillance, plus minime soit-elle, fait tomber le château de cartes tout entier. À partir de là, la confiance laisse place à la méfiance et il n'y a plus qu'à ramasser les pots cassés.

En amour, c'est la même chose. Très attachée à ma liberté, et lui à la sienne, nous accordions nos plannings afin de jongler avec nos différentes occupations. J'avais essentiellement envie de passer du temps avec lui, mais m'efforçais de ne pas délaisser les autres pans de ma vie, au moins pour ne pas ternir l'image de femme indépendante que j'exhibais fièrement. Objectivement, si un ratio avait dû être matérialisé par un camembert comme il me plaisait tant d'en faire dans mes Powerpoints, pas sûre que « sa couleur » n'aurait pas été clairement prédominante. Fort heureusement, personne n'avait entrepris de réaliser un tableur Excel sur mes occupations hebdomadaires et faute de démonstration clairement établie, je pouvais encore me donner l'illusion de répartir équitablement mes centres d'intérêt.

Souvent, le mardi soir, il devait travailler tard et nous ne nous pouvions pas nous voir. Niveau organisation, il s'agissait d'une vraie aubaine, ce créneau que j'avais surnommé « le créneau de la bonne conscience » me permettait, au moins une soirée par semaine, de prévoir un événement qui dans la balance d'une soirée en amoureux n'aurait même pas accédé au plateau de pesée. Ainsi, le dîner chez la grand-mère, la soirée de préparation du pot de départ de Céline, ou même la soirée bain-bouquin étaient systématiquement relégués au mardi soir. Autour de moi très rapidement, les gens avaient pris le pli, et Emilie, lorsque l'on prévoyait de se voir dans la semaine me proposait toujours deux jours, dont le mardi.

Clairement, à l'époque, je n'en avais pas conscience, mais avec le recul, ma vie tournait autour de lui. Il était une donnée invariable, toujours présente dans l'équation et pour équilibrer l'opération, je devais faire bouger les autres éléments. De véritables casse-têtes chinois parfois, mais si le résultat me permettait d'être une heure de plus avec lui, ou de me réveiller à ses côtés le lendemain, mes efforts n'étaient pas vains.

De son côté, je le voyais sincère. Sans savoir exactement ce qu'il ressentait – dépourvue de mes prédictions je me sentais assez impuissante –, la tendresse de ses baisers, la caresse de ses doigts le long de mon dos, ou plus tendrement, sur l'arête de mon nez, me faisait dire que je comptais pour lui. Et peut-être parce que je pratiquais les mathématiques à longueur de journée, ça me suffisait.

C'était un mardi soir, l'automne était bien installé et le temps était à l'orage. La météo ce jour-là avait clairement donné le ton à cette journée. Dès le matin, mon réveil n'avait pas sonné. J'étais donc arrivée en retard à la réunion mensuelle du « labo ».

Pressée, j'avais enfilé la première tenue qui me tomba sous la main, le pull était usé et ne s'accordait pas vraiment avec mon pantalon. Sans parapluie, j'avais parcouru les différentes étapes de mon trajet quotidien sous la pluie. Les grosses gouttes froides avaient parachevé mon absence de coiffure, et je m'étonnais dans l'ascenseur que mes cheveux eussent pu être plus plats qu'à l'accoutumée.

La lumière de ce petit espace et l'effet grossissant du miroir qui y trônait avaient donné l'estocade à mon moral. Comment pouvais-je encore avoir des cernes avec la quantité industrielle de fond de teint, BB crème et autres anticernes, avec laquelle j'avais soigneusement pris le temps – que je n'avais pourtant pas – de me peinturlurer le visage ? Je dépensais un budget fou dans tous ces produits, et, sans attendre des résultats miraculeux qui m'auraient fait ressembler à l'actrice de la publicité, j'avais eu la naïveté de penser qu'ils me permettraient au moins de ne pas ressembler à l'un des personnages de la série « The Walking Dead ».

Bref, le constat était là, il faisait moche, il faisait froid et je n'étais vraiment pas à mon avantage.

J'étais globalement assez mince, ce qui ces jours-là me donnait l'impression d'être transparente. La chose la plus pulpeuse que j'avais en moi ce jour-là était certainement la bouteille d'Orangina que j'avais fourrée dans mon sac à main, en guise de petit-déjeuner.

Un léger bruit me fit craindre le pire. Ne serait-ce le tressaillement du gaz qui s'échappe du goulot ? C'était bien cela et une fois la réunion hebdomadaire terminée, soit trois minutes après mon arrivée remarquée, je dus prendre le temps – que je n'avais toujours pas – de nettoyer mon sac à main des dégâts occasionnés par ce soda trop sucré. Peut-être que les campagnes de sensibilisation pourraient utiliser cet argument pour limiter la consommation chez les plus jeunes ?

L'heure du déjeuner arriva beaucoup trop vite. Je rejoignis mes collègues dans l'espace repas du laboratoire et constata avec découragement que le plat que je m'étais préparé la veille au soir devait encore se trouver sur la table de ma cuisine.

Contrariée, je n'avais pas très faim, mais me persuadais que je devais poursuivre mes efforts de socialisation et ne pas m'enfermer dans mon bureau avec mes travaux. J'allais m'acheter un sandwich sans saveur et m'installais à côté de Jenifer.

Dès le départ, je ne l'avais pas aimée. Me voulant extrêmement tolérante, j'avais rejeté cette première impression, je ne pouvais pas sérieusement tirer de telles conclusions simplement en voyant une personne. J'avais eu ensuite, rapidement, des flashs la concernant qui la mettaient en scène en train de se coiffer ou de se faire les ongles.

C'était la première fois que j'avais des prédictions aussi peu dignes d'intérêt.

Décidément, je ne l'aimais pas, je trouverai bien les raisons plus tard. Elles ne tardèrent pas à venir puisqu'après avoir passé plusieurs déjeuners en sa compagnie, je ne pus que constater, qu'en plus de cette superficialité qui faisait presque piquer les yeux en la voyant, elle était foncièrement moqueuse et méchante. Des réflexions désobligeantes ponctuaient toutes ses phrases, tout le monde en prenait pour son grade.

Ce jour-là, Marie de l'autre équipe de recherche avait fait des choix vestimentaires manifestement plus judicieux que les miens. Elle était rayonnante et portait des chaussures à hauts talons magnifiques.

Jenifer, clairement ennuyée par cette vision soudaine qui aurait fait de l'ombre à un baobab, lâcha un :

— Mais elle arrive à marcher avec ces chaussures de pouffiasse ?

Sans même me rendre compte que je parlais à haute voix, je lui répondis, le plus simplement du monde :

— Tu arrives bien à parler avec cette langue de pute.

Je ne sais pas si c'est la violence du ton naturel avec lequel je m'étais exprimée ou le silence qui s'était soudainement fait dans la pièce, permettant à tout le monde de profiter de ma remarque, mais j'ai vu les yeux de Jenifer rapidement s'embuer, et elle quitta la pièce prestement.

Bien sûr qu'elle avait été odieuse et qu'elle avait certainement mérité que quelqu'un la remette à sa place, mais pas de cette manière.

Comment condamner un comportement en ayant la même attitude ? Je culpabilisais que mes mots aient dépassé ma pensée, et qu'aucun filtre n'ait pu rendre ma réponse plus acceptable.

Il restait encore tout l'après-midi, et je me traînais moi et ma culpabilité, dans mes fringues difformes et dysharmoniques. Seul l'écoulement du temps pouvait jouer en ma faveur pour me permettre de m'échapper de cette journée horrible.

Les minutes qui m'avaient tant manqué ce matin avaient apparemment finalement décidé de se retrouver – toutes – dans l'après-midi qui me parut interminable.

L'horloge affichait 19 heures et même si j'avais pris mon poste tardivement dans la matinée, je décidai de ne pas m'infliger plus encore de nouveaux châtiments.

Comme pour effacer cette mauvaise journée, devant passer la soirée seule devant ma télévision, je décidai d'aller acheter quelques plats chinois dans mon restaurant favori. Ce n'était pas exactement sur mon chemin, mais les rouleaux de printemps en valaient la peine.

Arrivée à hauteur de la façade, je le vis lui, à travers la vitre, attablé devant une chaise vide. Ses mains tenaient une rose rouge délicatement enveloppée de papier de soie et ses yeux étaient perdus dans le vague.

Il attendait quelqu'un, c'était certain.

Celle-ci tardait à venir, est-ce pour cela qu'il avait l'air si triste ? À moins qu'il s'agissait de la culpabilité de me trahir aussi outrageusement ? Je n'avais plus faim.

Je rentrai chez moi, en colère, d'un pas décidé et la gorge serrée. J'insérai la clé dans la serrure, la tournai brutalement, poussai la porte d'un geste du bras, elle s'ouvrit brusquement. À cet instant précis, je libérai un terrible sanglot, les larmes commencèrent à couler abondamment sur mon visage. Je jetai mes affaires à même le sol, refermai la porte du pied et me précipitai sur mon lit, j'enfouis ma tête dans la couette, rendant ma respiration difficile et pénible, comme pour faire disparaître de ma mémoire cette réalité soudaine.

Chapitre 14

La nuit fut agitée et quand j'ouvris les yeux le matin, ils étaient encore rougis et humides de larmes. Je n'avais pu trouver le sommeil que ponctuellement, épuisée d'avoir trop pleuré. Mais ces instants de repos étaient courts, le chagrin me réveillait aussitôt, comme une douleur aiguë. Je me levai, épuisée, et me rendis immédiatement dans la salle de bain pour y prendre une douche. L'eau brûlante ruisselait sur mes joues, je ne pleurai plus. J'étais littéralement vidée.

Mécaniquement, je sortis de la douche, m'habillai, me maquillai et partis travailler. Et tout le long de ma journée, j'agissais tel un robot, des mouvements automatiques. Je m'efforçais à ne penser à rien, mettais de la musique pour éloigner de mon esprit les pensées que le silence du laboratoire laissait s'installer.

J'avais éteint mon téléphone. Je savais qu'il allait certainement m'appeler ou m'écrire un message dans la matinée ou en début d'après-midi comme nous le faisions souvent. Je ne savais pas quoi lui dire et ne savais pas quoi faire, alors pour l'instant, c'était plus simple.

Une boule me serrait toujours la gorge et un poids me compressait la poitrine. Je m'efforçais de prendre de profondes inspirations pour apaiser mon corps, à défaut de pouvoir soulager mon esprit.

Je n'avais rien mangé depuis la veille midi, et n'avais aucun appétit, mais mon estomac était d'un autre avis. Les gargouillements m'obligèrent à descendre à la machine à café où j'accompagnais un long café d'un paquet de madeleines.

J'étais retournée dans mon bureau ; ma collègue était partie déjeuner avec les autres. Alors que je me forçais à ingurgiter cette nourriture, j'entrepris un début de réflexion. Il fallait que je pose des mots sur ce qu'il s'était passé, que je parvienne à comprendre la situation et que je sache comment réagir.

Il me fallait revenir au début, il m'avait dit qu'il travaillait. Rien d'étonnant, c'était notre routine, le mardi il travaillait. Enfin... Il était dans un restaurant et il attendait quelqu'un. A priori, ce n'était pas un rendez-vous professionnel – le lieu ne s'y prêtait pas vraiment – et sans aucun doute, il s'agissait d'une femme – il tenait une rose rouge à la main. La symbolique de la rose rouge faisait un peu cliché mais c'était un cliché couramment admis, c'était donc nécessairement un rendez-vous galant.

Il voyait donc quelqu'un d'autre.

Était-ce tous les mardis où il était censé travailler ou s'agissait-il de la première fois ? Là encore, la rose rouge permet d'affirmer que ce n'était pas la première fois, venir à un premier rendez-vous avec une rose rouge, c'était un peu ringard.

D'ailleurs, m'avait-il déjà offert une rose rouge ? Non, jamais. Je crus laisser échapper un sanglot mais parvint, au dernier moment, à l'étouffer. S'y substitua alors une intense inspiration, mes lèvres s'affaissant, de part et d'autre, vers mon menton. Là encore, je me forçai à faire un horrible rictus, le sourire crispé d'une photographie qui tarde à venir. J'avais lu que le cerveau, lorsque l'on actionnait les zygomatiques, pouvait libérer des endorphines, pensant que nous sourions. Ça ne risquait rien d'essayer. Tout en continuant à mentir à mon cortex, je reprenais mon raisonnement.

Il me mentait et il voyait quelqu'un. Cela voulait-il dire que je ne comptais pas ? Qu'il ne ressentait rien pour moi ?

J'essayais de rassembler mes souvenirs sur les sentiments qu'il m'avait avoués, les mots qu'il avait prononcés. Ça ne faisait que peu de temps que nous étions ensemble, pas tout à fait quatre mois. Lors d'une de nos conversations, il m'avait dit qu'il ressentait quelque chose de fort mais qu'il avait beaucoup de mal à exprimer ce qu'il éprouvait.

Ensuite, dans nos échanges, ce qui revenait souvent, c'était l'attraction que j'exerçais sur lui, l'envie qu'il avait de m'embrasser et de me caresser. À bien y réfléchir, il n'avait jamais rien dit qui puisse être interprété comme un début d'engagement.

En revanche, il m'interrogeait souvent sur ce que j'éprouvais.

À ces questions, les réponses m'apparaissaient instantanément mais les phrases qui se construisaient dans ma tête ne parvenaient pas à sortir de ma bouche. Par pudeur, par timidité ou simplement par orgueil d'affirmer une chose que lui n'exprimait pas, je restais silencieuse à ses questions. Quelques bribes de phrases, un peu décousues, parvenaient à s'extirper de mes lèvres mais tout en retenue, je n'exprimais pas un dixième de mes sentiments.

Finalement, nous ne nous étions pas dit grand-chose sur ce que nous envisagions chacun dans cette histoire qui commençait.

Peut-être était-ce parce qu'il ne voyait pas à quel point il comptait pour moi, faute d'avoir pu lui avouer, qu'il s'était tourné vers quelqu'un d'autre ?

S'il me posait des questions, c'était bien que ça l'intéressait, les réponses que je ne lui donnais pas avaient peut-être tué dans l'œuf le commencement d'une belle histoire. Il avait peut-être renoncé à s'engager, pensant que ce n'était pas réciproque.

Cette analyse ne me satisfaisait pas.

Si je ne m'étais jamais déclarée ouvertement et passionnément, chaque centimètre de mon être laissait transpirer la force de mon attachement. Les mots que je n'osais pas lui dire s'échappaient souvent dans un murmure dans nos étreintes. Je ne me lassais pas de le regarder et mes yeux fixant son visage croisaient finalement les siens et nos regards s'éteignaient dans un sourire.

Non, il était loin d'être stupide et il ne pouvait pas ne pas savoir. Alors, et si le problème n'était pas que je ne lui avais pas ouvert mon cœur mais le contraire.

Les questions qu'il me posait avaient peut-être vocation à le rassurer sur ce que lui ne ressentait pas, il espérait peut-être y voir une simple passion charnelle, sans attachement ni sentiment.

Peut-être aurait-il préféré entendre un « je t'aime » – sonnant creux – à ses questions, plutôt qu'un silence profond qui laissait entrevoir des espoirs si forts que l'on ne peut les partager.

Si c'était bien cela, c'est qu'il ne m'aimait pas.

Pourtant, rien dans son comportement ne m'aurait permis d'en tirer une telle conclusion. Il était libre pour me voir, disponible quand je l'appelais, répondais à mes messages et nos moments à deux étaient magiques. À côté de cela, il me présentait à ses amis, m'amenait partout où il devait se rendre, et semblait déçu quand nous n'arrivions pas à accorder nos agendas.

Je ne comprenais rien.

Moi qui depuis mon plus jeune âge parvenais à comprendre si bien les gens qui m'entouraient, au point même de vivre et ressentir des moments de leur vie, je me sentais si perdue, amoureuse d'un inconnu.

Chapitre 15

Les questions étaient désormais posées, restait à en connaître les réponses. Ce soir-là, je n'eus toutefois pas la force de m'y résoudre. La réalité, peu importe laquelle, serait difficile à entendre et je n'en avais pas encore le courage.

J'aurais aimé pouvoir appuyer sur un bouton et oublier l'espace d'une soirée, ce que j'avais découvert, ou du moins ce que je m'apprêtais à découvrir. Non pas que je me serais satisfaite d'une vie de mensonges et de faux-semblants, mais permettre simplement le temps d'une soirée, de recréer un moment à deux, celui qui resterait gravé dans ma mémoire, une fois que tout serait fini.

La dernière fois que nous nous étions vus, c'était le dimanche. Ses amis nous avaient rejoints chez lui pour le déjeuner et nous avions beaucoup ri en nous racontant quelques anecdotes amusantes avant de nous affaler sur le canapé pour regarder un film.

Ils étaient ensuite partis, nous laissant seuls en amoureux. Il devait corriger des copies. Je m'étais installée à ses côtés sur le canapé et avais repris la lecture d'un roman que j'avais commencé une semaine plus tôt.

J'aimais ces moments-là où chacun affairé à nos occupations personnelles, nous rendions le quotidien plus beau par la seule magie d'être ensemble.

Nous n'avions pas très faim après le repas gargantuesque du midi, et étions allés nous coucher relativement tôt. Nous avions rapidement sombré dans le sommeil, enlacés l'un contre l'autre.

Ça avait été une bonne soirée, mais si j'avais su qu'il s'agirait de la dernière, j'aurais certainement lâché mon bouquin pour simplement le regarder travailler ou caresser son dos pendant que, penché sur ses feuilles, il réfléchissait à la notation la plus adéquate.

Je l'aurais plus regardé, l'aurais plus touché, l'aurais plus embrassé, j'aurais plus profité de toutes ces choses qui étaient si simplement à portée de mains et qui désormais appartenaient au passé.

Je rallumais mon téléphone et vis qu'il m'avait envoyé un message. Je ne le lus pas, je devais appeler Emilie pour savoir si elle était disponible pour que l'on se voie.

Je n'avais pas fini ma première phrase pour lui demander si elle avait quelque chose de prévu qu'elle me coupa pour me demander ce qui n'allait pas. Je lui répondis que justement, j'avais besoin de parler mais plutôt de vive voix.

— D'accord, je sors du travail, je passe acheter quelque chose à grignoter et je te rejoins chez toi. Je t'aurais bien fait venir à la maison, mais ces temps-ci, avec Pierre, ça ne va pas très bien, je ne vais pas t'imposer ça en plus.

Elle raccrocha avant même que je ne pus rajouter un mot.

En même temps, je n'aurais rien eu à dire.

J'étais tellement scotchée par sa dernière révélation. Comment était-ce possible, Pierre et Emilie traversaient un passage à vide ? Bien sûr, après presque dix ans de vie commune, ils s'étaient souvent disputés, mais ces discussions houleuses passaient au bout de 2-3 jours.

Là, ça semblait différent, plus sérieux, plus grave. « Ces temps-ci ? » Depuis combien de temps cela durait ? On s'était fait un dîner au restaurant à quatre pas plus tard que vendredi dernier et rien dans leur comportement ne m'avait fait me rendre compte qu'ils traversaient une crise.

Et moi qui les connaissais si bien, comment se pouvait-il que je n'aie rien vu ? Étais-je à ce point omnibulée par mon histoire que je me désintéressais même de la vie de mes plus proches amis ? On dit que l'amour rend aveugle, moi je n'avais pas vraiment perdu la vue, j'avais simplement centré toute mon attention sur mon nombril, m'empêchant de voir le reste du monde qui m'entourait.

Finalement, je relativisais. La fin de ma toute nouvelle relation était sans comparaison avec l'éventuelle rupture du couple qui à mes yeux, figurait comme le « couple idéal ». Ce soir, la donne changeait. C'était moi qui me devais d'être là pour elle, pas le contraire.

Je lus rapidement le message qui sans surprise m'interrogeait sur comment j'allais et si on faisait quelque chose ensemble ce soir ; je lui répondis simplement : « Pas eu le temps de répondre, dure journée ! Ce soir j'peux pas je vois Emilie, elle ne va pas fort. On se voit demain soir si tu peux. » M'offrant ainsi même le luxe de ne pas avoir à lui mentir, moi.

Chapitre 16

Emilie arrivait vers 20 heures, les bras chargés de nourriture chinoise, elle s'était rendue dans le fameux restaurant où j'avais entr'aperçu cette vérité qui me rongeait depuis. Elle se dirigea dans la cuisine, en sortit plats et assiettes pour préparer la table, ainsi que deux verres de vin qu'elle me servit sans même me demander.

Je l'observais un peu malgré moi, elle avait tellement tout pris en main – alors même que nous étions chez moi – que je n'osais pas intervenir. Je m'assis en face de mon verre sur le comptoir de la cuisine, la regardant s'affairer. Une fois terminé, elle disposa son verre à côté du mien, posa le plat de riz entre nous deux et nous servit les deux assiettes réchauffées du canard laqué.

Installées en face l'une de l'autre, elle me regarda fixement et me dit :

— Allez, maintenant je suis à toi, raconte-moi tout.

Je commençais mon histoire par un long soupir et poursuivis en lui racontant ce que j'avais vu. Je décrivais avec précision ce que j'avais ressenti et lui exposer mes réflexions. Elle était attentive et véritablement concernée par ce qui m'arrivait.

Depuis que l'on se connaissait, elle avait toujours été présente dans les meilleurs moments, comme les pires, de ma vie. Elle avait toujours été à l'écoute et savait que me dire pour m'aider à avancer. Sans jamais me plaindre, elle essayait d'amener à mes réflexions, cet œil extérieur qui manquait nécessairement lorsque l'on vivait la situation de l'intérieur.

Sans vouloir me rassurer sur le devenir de notre relation, elle m'alertait toutefois sur la nécessité d'avoir ses explications avant d'en tirer d'autres conclusions. Parfois les apparences pouvaient être trompeuses, et si même dans mon cas, cela paraissait difficile que la situation ne soit pas aussi terrible que celle que je m'étais imaginée, il fallait obtenir toutes les informations pour en tirer les conséquences. Sa version des faits était la pièce manquante à mon problème.

Elle avait raison, je ne pouvais pas dans mon coin résoudre une problématique sans avoir l'ensemble des données. Demain, je lui parlerai.

Une fois la question close sur mes peines de cœur, j'entrepris de changer de sujet pour évoquer sa relation avec Pierre.

— Et sinon, raconte-moi, qu'est-ce qu'il se passe ces temps-ci avec Pierre ?

— Je ne sais pas. On ne se comprend plus, on n'est pas en phase en ce moment. Je dis noir, il dit blanc et inversement. Tout est source de conflits et, fatigués chacun de notre côté de nos prises de tête, je vois que l'on limite nos interactions au strict nécessaire pour éviter toute nouvelle dispute.

— Mais, tu as l'impression qu'il y a eu un événement déclencheur ? Un sujet sous-jacent qui serait à l'origine de tout ça ?

— Eh bien, je ne sais pas trop. Il y a bien eu un sujet au début de l'été sur lequel nous n'étions pas d'accord mais après c'est passé, on n'en a plus reparlé. En fait, il voulait que l'on fasse un bébé. Maintenant que lui travaille et que je passe mon diplôme de sage-femme en fin d'année, il voudrait que l'on mette en route un bébé pour qu'il arrive juste avant que commence vraiment ma carrière professionnelle. Mais moi je n'en ai pas envie. Je veux avoir un enfant, mais c'est trop tôt et j'ai besoin de pouvoir me consacrer à mon travail et à lui aussi maintenant que mes études sont terminées, que l'on profite un peu de notre vie à deux avant que l'on devienne trois.

— Enfin quatre ! Tu as oublié votre boulet de copine qui vous suit partout !

Elle ria à pleine gorge, dans un rire cristallin.

Je repris :

— C'est vrai que vous vous êtes rencontrés jeunes et que ça fait longtemps que vous partagez votre vie tous les deux, mais c'est certain que rentrer dans le monde actif, c'est une nouvelle étape et l'associer avec un aussi grand bouleversement que celui d'avoir un bébé…

— Tu penses que je suis égoïste en lui imposant d'attendre. C'est sûr que déjà s'il pouvait le porter lui, ça serait déjà moins de contrainte pour moi, mais ça il ne veut pas en entendre parler.

On rigola de plus belle.

— C'est trop important comme décision, tu ne peux pas faire ce choix juste pour lui faire plaisir. Et puis ce n'est pas comme si tu n'en voulais pas du tout et que lui voulait une équipe de foot, c'est juste une question de timing. Vos positions ne sont pas radicalement opposées, elles sont juste un peu décalées dans le temps. Il est vraiment contrarié de devoir attendre ?

— En fait, je crois que nous ne sommes pas allés aussi loin dans notre conversation. Quand il m'a dit qu'il voulait un bébé, je me suis un peu braquée. Et en réponse, il m'a reproché de lui imposer toujours mes choix et que lui devait suivre en hochant gentiment de la tête. Ça avait pas mal crié et puis on s'était rabibochés sans reévoquer le sujet. Il ne m'en avait plus parlé et avant que tu me demandes s'il s'était passé un événement, j'avoue ne pas avoir fait le lien. C'est ridicule non ? Un truc aussi énorme, comment j'ai fait pour ne pas l'avoir repéré à mille bornes ?

— Dans la routine d'amoureux, on ne voit que ce qu'on veut voir… On pense que c'est le quotidien qui tue alors que les problèmes sont souvent-là avant, dormants, attendant juste que le quotidien les réveille un jour et fasse tout exploser.

— Il a peut-être pensé que si je ne voulais pas faire d'enfant c'est que je commençais à me détacher de lui et que je voulais envisager, en même temps que mon entrée dans la vie professionnelle, de nouvelles perspectives dans ma vie personnelle. Il suffit juste que je lui parle, que je lui dise à quel point je l'aime et que ça ne remet aucunement notre couple en question, qu'il est le seul que je veux, que je ne cherche pas de meilleur parti, simplement qu'il me laisse un peu de temps pour que je m'accomplisse en tant que femme avant de devenir mère.

Elle sourit, apaisée et impatiente de pouvoir partager avec Pierre, l'objet de ses pensées.

— Allez files ! Tu es ultra inspirée, c'est le moment, va lui dire ce que tu penses ! Ne t'inquiète pas pour moi, ça va beaucoup mieux de t'avoir parlé et puis je sais ce qu'il me reste à faire maintenant.

— Oui ! Demande-lui, et tu sauras ! Tu sais que tu as cette chance de sonder les gens, de lire au plus profond d'eux-mêmes, alors fais-le, demande-lui, et puis même s'il le faut, prends-lui les mains et tu sauras si c'est la vérité.

En réalité, après toutes ces années, elle savait.

Elle n'avait rien oublié des révélations que je lui avais faites en rentrant de l'école presque quinze ans plus tôt. On se sourit simplement. Finalement, l'une comme l'autre parfois nous n'avions pas les mots, mais nul besoin des mots dans le silence de l'amitié.

Chapitre 17

Au fil des heures, le stress commençait à monter, c'était le moment de la confrontation. Il était là, à son point culminant, quand ma main s'approcha fébrilement de la sonnette pour l'informer de mon arrivée. Il m'ouvrit la porte et me fit un signe pour me montrer qu'il était au téléphone.

J'entrai, posai mes affaires dans l'entrée et allais m'asseoir sur le canapé en attendant qu'il eut fini. Sa conversation téléphonique s'éternisait et il passait ponctuellement la tête pour m'adresser un sourire tout en me mimant son impatience que cette discussion se termine. De mon côté, je n'étais pas pressée. Pas pressée de lui parler ni d'avoir à entendre ce qu'il avait à me dire. Je cherchais encore la manière la plus adéquate pour amorcer le sujet épineux. Comme si la manière dont j'exposais la situation pouvait impacter son issue. Si j'étais en colère, il se braquerait peut-être et ne me donnerait aucune explication. Si je m'effondrais, il me consolerait et je craignais de ne pas réussir à reprendre le dessus pour avoir des réponses. Je devais me maîtriser pour obtenir un résultat digne d'intérêt, la vérité, simplement, la vérité, telle qu'elle était.

Quand il eut fini son coup de fil, il me rejoignit sur son sofa et déposa sur mes lèvres un doux baiser.

— Ça va ? Tu as une petite mine ? Et Emilie, rien de grave j'espère.

— Il faut que je te parle de quelque chose, c'est important alors écoute-moi d'abord et tu pourras parler ensuite.

Il me regarda d'un air aussi inquiet que surpris. Cette réaction m'étonna. N'avait-il pas conscience qu'il agissait mal ?

— Mardi soir, en sortant du travail, je suis passée au « Palais de Tokyo » pour me prendre à manger et je t'ai vu, à une table de deux, à attendre quelqu'un avec une rose rouge à la main.

— Je savais que ce moment arriverait, je ne pouvais pas te cacher ça éternellement.

Ce fut à mon tour d'être aussi surprise qu'inquiète. Il ne niait pas. Il reconnaissait qu'il me dissimulait quelque chose et fataliste, il attendait simplement que je le découvre pour faire son mea-culpa. J'avais envie de le gifler et de quitter sur le champ son appartement pour ne plus jamais y mettre les pieds mais le besoin d'entendre de sa bouche, ce qu'il s'apprêtait à me révéler était trop prégnant. Je restais donc là, immobile, les mains posées sur mes genoux, le buste droit, prête à encaisser les coups.

— Je n'ai pas tout à fait été honnête quand je t'ai parlé de mes anciennes relations. Je ne t'ai jamais raconté dans quelles conditions ma dernière relation s'est terminée. Ce n'était pas par manque de confiance en toi mais simplement parce que j'avais l'impression que ça ne comptait pas vraiment, que ça n'avait aucune influence sur ce que l'on vivait.

Je restais silencieuse alors que ma seule envie aurait été de lui crier et de lui supplier d'en venir au fait. Moi qui détestais les effets d'annonce, le suspens qu'il faisait régner était à la limite du supportable. Je ne bougeai pas et me rendis compte, de toute façon, en voulant déplacer légèrement ma jambe pour sortir de son axe, que je n'en avais tout simplement pas la force.

— Il y a trois ans, la femme avec qui j'ai partagé ma vie pendant près de quatre ans est morte, percutée par une voiture. Je pense que ça ne fait qu'une petite année que je suis sorti de mon état de léthargie et que j'ai recommencé à vivre, à voir des gens. Ça a été une épreuve extrêmement dure pour moi, nous avions beaucoup de projets. Nous allions acheter un appartement et voulions, tout de suite après, avoir un enfant. Ça a été un accident tout bête. Enfin, si tant est qu'il puisse y avoir des accidents intelligents !

Je m'impatientais, où voulait-il en venir ? Je n'étais pas insensible à sa souffrance, mais cela ne pouvait pas expliquer son rendez-vous de mardi. À moins qu'il ne veuille expliquer sa faiblesse et la difficulté qu'il a depuis à s'engager. Pour éloigner les pensées qui m'inondaient faute d'obtenir les réponses que j'attendais, je l'affublai d'un « Oui et ? ». Il reprit.

— Le mardi c'était notre moment à nous. Elle travaillait à l'hôpital et ses plannings changeaient tous les mois mais elle s'était mise d'accord avec son chef de service pour que le mardi soir, elle ne travaille pas. Ainsi, au moins une fois par semaine, notre moment à nous était réservé. Ce soir-là, le soir où elle a eu l'accident, nous devions nous retrouver dans ce restaurant, mais mon rendez-vous s'est prolongé et j'étais en retard. Quand je l'ai finalement eu au téléphone, elle me disait que plutôt que de m'attendre toute seule au restaurant, elle préférait prendre à manger à emporter et que l'on se retrouve directement à la maison quand j'aurai terminé. Quand j'ai enfin pu mettre un terme à ma réunion, je suis rentré à la maison, elle n'était pas là. Au début, j'ai pensé qu'elle était contrariée et qu'elle avait changé d'avis, même si rien dans son ton ne m'avait donné l'impression qu'elle était fâchée. J'essayais de la joindre mais elle ne répondait pas. J'ai appelé sa mère et sa meilleure amie pour savoir si elle était avec l'une d'elles, mais elles ne l'avaient pas vue. J'étais inquiet mais elle avait plein d'amis et elle s'était peut-être réfugiée chez quelqu'un d'autre, je n'avais pas leur numéro à tous et je n'allais pas ameuter tout le quartier pour une petite querelle d'amoureux. Alors je décidais d'aller me coucher, en me disant que demain matin, elle serait sûrement rentrée et qu'il faudrait que je me fasse pardonner. Mais le matin, elle n'était pas là. Son téléphone était toujours sur répondeur. Je commençais vraiment à m'inquiéter. Elle était du style impulsif, mais au point de me laisser sans nouvelle tout ce temps, ça ne lui ressemblait pas. Alors, je commençais à faire ce que les gens font dans ces moments-là, appeler ses amis, la police, les hôpitaux, et c'est là où j'ai appris qu'elle avait été renversée. Qu'elle avait traversé la route et qu'une voiture l'avait percutée de plein fouet. Elle était morte sur le coup. Quelqu'un avait profité de la confusion pour lui voler son sac à main. Aucun moyen de l'identifier, ils avaient commencé à transmettre l'information aux différents services concernés pour découvrir son identité lorsque j'avais appelé. Je n'arrivais pas à réaliser, c'était si soudain. Au début, j'avais souhaité qu'ils se soient trompés, qu'ils l'aient mal identifiée et qu'un autre pauvre type attendait peut-être sa femme quelque part sans savoir qu'elle était morte. Mais il n'y avait pas d'autre type, juste moi.

Sa voix était posée. On voyait que ce n'était pas la première fois qu'il racontait cette histoire. Les mêmes mots, au même moment, pour décrire cet événement et permettre à l'autre non pas de comprendre ce qu'il avait vécu, mais lui faire entrapercevoir ce par quoi il a dû passer. Je reconnus dans son visage une tristesse que j'avais quelquefois entrevue, le temps d'une seconde mais n'y avait guère prêté attention.

— Je me suis fait une promesse. Désormais le mardi, je lui consacrais. Ce soir-là, je suis allé au restaurant car ça aurait été la semaine de notre anniversaire, mais d'autres fois, je vais me balader dans les endroits qu'on aimait bien ou simplement je reste seul.

Il ne dit plus un mot.

Il attendait ma réaction. Attendait de savoir si cette explication suffisait à effacer la trahison. Le mensonge, la dissimulation. Mais le problème, ce n'était pas qu'il ne m'ait pas raconté tout ça, le problème c'était pourquoi il ne me l'avait pas raconté.

Loin d'être soulagée, j'ai eu la sensation soudaine que ça ne pouvait pas être pire. C'était moi la « nouvelle », la « rivale ». Nul besoin de lui prendre la main pour connaître le tréfonds de ses pensées, je ne faisais pas le poids face à son grand amour perdu. Personne n'avait pris ma place, je n'en avais aucune.

Chapitre 18

Ce soir-là, je partis après lui avoir simplement dit que j'avais besoin de réfléchir. Je rentrais chez moi à pied, il faisait froid et humide, je voulais me retrouver seule pour rassembler mes idées. J'avais l'impression d'avoir perdu tous mes repères. Mais à bien y réfléchir, quels étaient-ils ? Notre relation était récente et nous n'avions pas envisagé l'avenir plus loin que l'organisation du week-end qui arrivait. Je m'étais forgée des certitudes sur du néant. Bien sûr que, comme toute nouvelle histoire, j'avais conscience que ça pouvait s'arrêter du jour au lendemain. Nous apprenions à nous connaître et tout restait à faire.

Mais il ne m'avait pas parlé d'une chose aussi importante, qui avait fait de lui celui qu'il était aujourd'hui et qui impactait même encore aujourd'hui son comportement, au moins une fois par semaine. En près de quatre mois, il y avait eu plus d'une douzaine de mardi et autant de mensonges ou de dissimulations. Autant d'occasions de me parler de celle qui avait partagé sa vie et avait brisé son cœur bien involontairement. Il n'était pas obligé de tout me confier mais aurait pu m'en parler au début vaguement, et au fur et à mesure, de manière plus précise. Pourquoi n'avait-il pas eu envie ni besoin de partager cela avec moi ?

Il recommença à pleuvoir, de fines gouttes, mais abondamment. Déjà trempée jusqu'à l'os, je décidai toutefois de m'arrêter sous le store d'un restaurant pour laisser passer le plus gros de l'orage. Je n'étais pas seule à avoir eu cette idée et nous nous retrouvâmes ainsi sept ou huit piétons, les uns contre les autres, tout recroquevillés sur nous-mêmes pour limiter au maximum les contacts, sous cette bâche rouge et jaune.

À mes côtés se trouvaient une vieille dame et une adolescente. La ressemblance entre les deux femmes malgré la génération qui les séparait ne laissait aucun doute sur leurs liens familiaux. La grand-mère et sa petite fille se protégeaient autant que faire se peut de la pluie qui avec le vent, ne nous épargnait pas malgré notre abri. Elles se tenaient le bras d'une manière affectueuse et protectrice, leurs deux mains se rejoignant contre le buste de la vieille dame. Les regardant ainsi, j'oubliai ma peine. Je regardais cette complicité et m'en abreuvais comme l'on puise une énergie bienfaisante d'une musique relaxante.

Soudain, le groupuscule à mes côtés se déplaça, et me fit valdinguer sur la pauvre mamie. Je parvins à me retenir au dernier moment pour absorber au maximum la violence de la bousculade mais n'arriva pas à éviter le choc. Mon bras heurta puissamment son corps. Elle ne put rester debout que grâce au soutien infaillible de sa descendance qui, droite comme un piquet, avait restauré l'équilibre entre elles.

Tout à coup, je me trouvai projetée dans un salon à la décoration vieillotte, les coussins brodés et des assiettes au mur. Je vis les deux femmes assisses l'une en face de l'autre, là encore leurs deux mains étaient liées mais cette fois-ci au-dessus de la table où trônait la photographie d'une femme. Elles pleuraient. Le visage de la troisième femme semblait faire le lien entre la grand-mère et sa petite-fille, au fil des années, les yeux s'étaient agrandis et assombris mais chacune conservait un nez anguleux caractéristique. Habillées de noir, elles étaient sans aucun doute en deuil. L'une perdait sa fille, l'autre sa mère. Une douleur partagée et chacune semblait vouloir être forte pour soutenir l'autre.

Quand je revins à moi, la pluie avait cessé de tomber et les piétons s'étaient rapidement éparpillés. Les deux femmes n'étaient plus à mes côtés, elles aussi avaient dû se dépêcher pour rentrer chez elles profitant de ce moment d'accalmie.

Cela faisait plusieurs semaines que je n'avais pas eu de flash, la sensation que celui-ci me laissait était donc particulièrement tenace. La souffrance que j'avais observée m'avait bouleversée. Je me savais fragilisée par les derniers événements et je ne pus retenir mes larmes. Je ne savais pas vraiment pourquoi je pleurai. Était-ce la tristesse de voir partir une personne que l'on aime qui m'avait émue ou juste la beauté de cette complicité ?

Brusquement, je fus frappée par une révélation.

Moi aussi je n'avais pas été totalement honnête avec lui. Moi aussi je n'avais pas tout raconté. J'avais gardé pour moi, ce don, cette tare, cette curiosité, peu importe comment il m'arrivait de le désigner, je ne lui avais rien dit. Je n'avais même pas essayé de partager avec lui le début d'une sensation qui m'avait peut-être parcourue quand j'étais petite. Je n'avais rien dit de ce qui compose, pourtant, une grande partie de ma personne.

En pleine remise en question, je reconnus également que je n'avais jamais avoué non plus les sentiments, ou du moins, tout ce que j'avais pu ressentir pendant l'année universitaire. J'avais, en plaisantant, relevé que je ne me faisais pas prier pour venir à son cours, mais n'avait jamais ouvertement évoqué les pensées qui avaient été les miennes les mois durant.

En fin de compte, il n'était pas parfait mais je ne l'étais pas non plus. Il avait semblé soulagé de me raconter ce pan de sa vie, ce qui, à mon sens, faisait de lui un homme sensible et honnête. Même s'il n'avait pas choisi de son propre chef de me soumettre dès le début la vérité, il ne s'était pas défilé et avait profité de cette opportunité pour me livrer son vécu.

Notre relation en était donc au même point avec en plus, un petit peu plus de franchise.

Sans trop y réfléchir, je repris la route vers son appartement. Je ne voulais pas le laisser plus longtemps dans cette incertitude et voulais le rassurer. Je marchai vite, non seulement parce qu'il faisait froid mais aussi parce qu'il me tardait de retrouver ses bras. Je montai les marches de son immeuble deux par deux et tapai à la porte de manière vigoureuse. Il vint m'ouvrir un peu désappointé. Quand il prit conscience de l'état dans lequel j'étais, il me prit par le bras et m'amena dans la salle de bain pour m'envelopper d'une serviette bien chaude. Ainsi emmitouflée, je me blottis contre son torse et il m'entoura de ses bras.

Après avoir pris une douche brûlante, je le rejoignis sur le canapé. Il me fallut un bon moment pour me réchauffer véritablement. Il m'avait prêté un de ses shorts et un gros pull, si grand que j'avais dû retrousser les manches à quatre reprises.

L'un contre l'autre, il prit ma tête entre ses mains, laissant balader ses doigts d'abord sur l'arête de mon nez puis soulignant l'os de ma mâchoire. Il me dit :

— J'aime nos moments à nous deux, j'adore être avec toi et je n'ai pas envie que ça s'arrête, mais je dois t'avouer que je n'ai plus jamais vraiment envisagé l'avenir avec quelqu'un depuis elle. Je ne sais pas si j'en serai un jour de nouveau capable.

— Je ne sais pas moi non plus de quoi l'avenir sera fait, alors continuons à partager ces moments ensemble et nous verrons bien.

Nous nous embrassâmes passionnément, conscients l'un et l'autre de la fragilité du fil qui nous reliait.

Chapitre 19

Nous avions repris nos habitudes, un peu comme si rien n'avait changé, pourtant ce n'était pas le cas.

En découvrant son passé, en apprenant ce qu'il avait vécu, je comprenais un peu plus celui qu'il était aujourd'hui. Si je fonçais tête baissée vers l'inconnu, il avançait les yeux fermés et à pas feutrés, les bras tendus en avant pour éviter de se cogner contre les murs. Bref, il était prudence et moi inconscience. Il ne s'était lancé à corps perdu dans rien, et profitait simplement des moments agréables que l'on partageait, il était dans le contrôle, là où moi je ne maîtrisais plus rien.

Je m'estimais chanceuse de pouvoir appréhender aussi clairement la situation. De toute manière, rien n'était simple dans les relations de couple, et la nôtre avait un avantage non négligeable sur les autres, nous avions identifié dès l'origine les difficultés qui pouvaient faire obstacle à notre bonheur. À présent, nous avions toutes les cartes en main pour nous orienter dans la bonne direction.

Je me connaissais et savais que je poussais un peu trop loin mes réflexions philosophiques. Je décidais alors de limiter au maximum toutes interrogations métaphysiques qui ne faisaient pas avancer le schmilblick et m'efforçais à profiter du moment présent.

Je ne parvenais toutefois pas à supprimer toute ma déception.

Je nous pensais animés par la même émotion, une envie commune de faire ensemble un bout de chemin. Je ne savais pas où cette route nous mènerait, mais ma main dans la sienne, il me semblait que j'aurais pu aller n'importe où. Et même si au bout du compte, nos destins n'avaient été liés que pendant un bref moment, nous aurions vécu cet amour intensément et sans frein, en nous laissant toutes les chances possibles pour qu'il devienne plus grand et plus fort.

La donne avait désormais changé. J'avais l'impression que j'avais découvert que le contrat à durée indéterminée que j'avais signé était finalement un CDD. La précarité du début restait la même mais les perspectives étaient tellement plus limitées.

Je ne pouvais changer la situation, il me fallait soit l'accepter, soit y mettre fin.

Aucune parcelle de mon esprit ni de mon corps ne plaidait pour la seconde solution, alors le choix fut rapidement fait. Et puis, ça me ferait du bien de lâcher-prise, moi l'obsédée du tout-contrôle. C'était peut-être pour moi aussi l'opportunité de combattre mes vieux démons, de prendre sur moi et cesser de programmer mon parcours de vie comme on programme un voyage organisé.

Je ne vais pas dire que mon plan de vie était déjà écrit mais il est vrai que les étapes étaient chronologiquement atteintes en temps voulu.

Après avoir fait de mes études une priorité, tout en profitant de mes jeunes années, j'étais entrée dans le milieu professionnel et avait acquis l'indépendance, préalable à tout développement plus poussé d'une vie amoureuse sérieuse. Ne me restait « plus qu'à » trouver celui qui me donnerait l'envie d'avoir des enfants, et nous aurions vécu heureux comme le veut l'adage.

Nous n'avions pas véritablement discuté de son envie de construire une famille. J'avais bientôt 27 ans et je ne voulais pas d'enfant dans l'immédiat, mais ce jour-là arriverait et peut-être plus tôt que je ne l'imaginais. Il avait 43 ans et n'avait pas d'enfants. Nous avions évoqué ce sujet et il m'avait simplement répondu qu'il aimait les enfants « mais que la vie ne lui avait pas offert l'opportunité d'en avoir ». À mon bon souvenir, il ne me semble pas qu'il ait utilisé la préposition « encore ». De cet échange, j'avais retenu qu'il n'existait aucune opposition de principe pour lui de créer une famille. Cette réponse avait été pour moi acceptable et j'étais donc passée au sujet suivant. À y réfléchir davantage, l'absence de ce simple mot « encore » devait peut-être être interprétée comme un aveu de sa part qu'il n'attendait rien de notre relation, qu'il ne se voyait pas vieillir à mes côtés.

Mes dernières réflexions anéantissaient déjà mes toutes nouvelles résolutions ; le lâcher-prise n'était pas si simple. Je ne pouvais décemment pas cesser de nourrir mes pensées de toutes ces analyses, alors il me fallait pouvoir les diriger.

Ainsi soit-il, il ne voulait peut-être rien construire avec moi. Mais est-ce que moi j'avais envie de construire quelque chose avec lui ? J'exigeais de lui qu'il se projette dans un avenir lointain mais ne me voyais pas la bague au doigt, enceinte jusqu'aux yeux, à rechercher un appartement un peu plus grand pour accueillir notre deuxième enfant. Cette idée-là me faisait sourire et était une alternative agréable, mais au point de m'engager fermement dans cette voie, sans façon. Pour conclure, nous en étions au même point, rien ne permettait d'affirmer que nous aimerions finir notre vie ensemble, seul le temps pouvait nous donner les réponses.

Le mardi suivant, j'éludais la difficulté. J'avais prévu une soirée avec toutes mes amies du lycée et lui avait raconté que nous avions fait des pieds et des mains pour réussir à trouver une date qui convienne à toutes. Je ne lui demandais pas non plus ce que de son côté il avait prévu. L'honnêteté n'imposait pas qu'il s'épanche sur chacun de ses faits et gestes. Je me mettais au diapason et faisais au mieux pour garder le rythme, son rythme.

Je réfrénais mes élans de tendresse et étouffais toute impulsion trop passionnée.

Quand il me prenait l'envie de lui écrire mon besoin presque viscéral de le voir, je l'enfouissais tout au fond de moi, et mettais en place des techniques de diversion en me consacrant à une tâche précise. Je m'amusais de ces feintes et parvenais à me convaincre que c'était le prix de la légèreté. Le poids des mots que j'avais envie de lui adresser l'écraserait sous un amas de questionnements, de responsabilité et n'aurait pour seul effet que de le faire fuir.

Je me sentais bien de ressentir ces émotions. Les partager n'apportait rien, alors je vivais cet amour seule dans mon coin, espérant qu'un jour il vienne m'y rejoindre.

Chapitre 20

Cette recherche de simplicité était particulièrement complexe. Je travaillais mon épanouissement personnel sans lui pour nous laisser toute latitude de créer ensemble quelque chose de fort. Ces paradoxes me rongeaient. J'avais érigé dans mon existence la notion de « logique » comme un précepte de vie, au point même d'en faire mon métier. Les raisonnements guidaient mon quotidien, aussi bien dans les choix les plus importants que dans ceux aussi insignifiants que l'achat d'un aspirateur.

Ma situation actuelle défiait toute logique. Mes sentiments eux-mêmes s'y opposaient. Je les subissais et plus je luttais pour ne pas les laisser apparaître, plus ils remontaient à la surface de manière violente. Je me sentais comme un volcan, prêt à entrer en éruption dès la première secousse. Je savais que j'avais perdu tout contrôle. Mes efforts étaient essentiellement concentrés quand j'étais en sa présence, car seul lui comptait. Je détestais me voir aussi vulnérable, aussi affectée par la situation.

De son côté, il semblait également subir la situation. Nous avions l'air complètement perdus, mais cette errance, quand nous étions ensemble, on la vivait harmonieusement. C'était le bonheur de ces instants qui me donnait la force de ne pas abandonner, d'y croire encore un peu, car il suffirait peut-être juste d'une légère avancée pour faire changer les choses. Lui faire comprendre comme une évidence qu'il pouvait de nouveau être heureux, que ce que l'on vivait ne remplaçait pas celle qu'il avait aimée mais que si sa vie à elle était terminée, la sienne méritait encore d'être vécue.

L'équilibre auquel je tentais vainement de me rattacher était plus qu'incertain. La moindre contrariété venait le bouleverser et je vivais ces petits événements comme autant d'attaques contre lesquelles je n'avais ni l'envie ni la force de combattre. Je rassemblais pourtant tout mon courage, puisant dans mes dernières réserves d'énergie pour arborer mon plus beau sourire et battre en retraite en douceur. Fatiguée d'interchanger avec mes semblables, je fermais la porte de mon bureau, clouais mes écouteurs dans mes oreilles et m'évadais dans un monde de musique.

Je ne voyais plus rien du monde qui m'entourait, ni flash ni sensation. J'étais sourde à toute sollicitation.

J'avais décidé que le temps était mon seul allié et que celui-ci avançant, les choses iraient mieux d'elles-mêmes. Je me raccrochais à cette espérance et vivais jour après jour, avec pour seul objectif de ne rien détruire de ce que j'essayais de construire jusque-là. Les fondations se solidifieraient d'elles-mêmes.

Je vivais nos moments ensemble comme des parenthèses. Les pensées, les inquiétudes, les incertitudes n'entraient pas dans ce périmètre et, protégée, je me sentais forte à ses côtés. Je n'avais toujours eu aucun flash le concernant mais guettais le moindre mouvement ou comportement qui aurait pu m'en dire plus sur lui.

La semaine était déjà bien avancée, et nous avions terminé notre réunion hebdomadaire au laboratoire. Alors que tout le monde rangeait ses affaires, rassemblant leurs notes et prenait la porte de sortie, mon superviseur me demanda de rester encore un peu. Alors que tout le monde quittait la pièce, je m'efforçai de réduire le rythme pour attendre la discussion qui devait s'amorcer une fois que nous serions seuls.

— Qu'est-ce qu'il se passe ?

Son ton et sa voix caractérisaient toute la déception que je lui inspirais. Je savais que je n'étais pas à ce que je faisais. J'essayais mais ne parvenais à aucun résultat. Mon corps était là, mes mains tapaient sur le clavier quelques phrases du papier que nous corédigions et dont il attendait impatiemment le retour pour la prochaine conférence mais ce n'était pas vraiment moi.

Je me désolais de ne pas réussir à sauvegarder ce pan de ma vie qui pourtant m'avait toujours apporté satisfaction et engouement. Je m'en voulais de ne pas pouvoir protéger mon travail de cette dérive sentimentale. Les intérêts en jeu n'étaient pourtant pas les mêmes. Ma vie professionnelle et mes recherches constituaient une part intégrale de mon être, de ce que j'étais. Je me sentais dépossédée.

Je dus péniblement déglutir et me racler la gorge pour arriver à faire sortir un son. Ma voix était tremblotante et un peu rauque. Bien consciente que je n'aurai pas la force d'épiloguer longuement sur le sujet, il me fallait choisir les bons mots.

— Je sais, ces temps-ci ça ne va pas mais je vais me reprendre. Je vous promets que je vais faire ce qu'il faut.

— Oui, il le faut. Nous avons des échéances, il faut les tenir.

Je me contentai de hocher la tête, en respirant profondément pour rassembler le peu de courage qui me restait pour ne pas fondre en larmes. J'enfilai mon manteau en lui souhaitant une bonne soirée, je n'entendis pas sa réponse. Je sortais rapidement de l'immeuble. Une vague de froid me prit par surprise, le vent s'insinuait dans mon col, je grelottai. Je courus jusqu'à la station de métro, il arrivait à peine, je me faufilai dans la rame. Tel un automate, je parcourais le chemin que j'empruntais quotidiennement. C'est aussi machinalement que je montai les marches de mon immeuble, pour rejoindre mon appartement.

Une fois seule dans l'entrée, je voulus libérer l'avalanche d'émotions que je retenais jusque-là, mais rien n'arriva. Je me retrouvai là, la gorge nouée, incapable d'exprimer quoi que ce soit. Je me préparai pour dormir, enfilai mon pyjama et allai me coucher. Épuisée, le sommeil me surprit et ne me quitta qu'aux premières lueurs du jour.

Reposée, j'étais bien décidée à reprendre ma vie en main. Étape par étape, il me fallait axer mes efforts sur les choses sur lesquelles j'avais du pouvoir. Ce matin-là, je pris une longue douche, me choisis une tenue qui me plaisait, me maquillais.

J'accompagnais cette préparation matinale par ma playlist des « bons jours », des morceaux savamment sélectionnés, ceux qui me tiraient vers le haut, pas ceux qui accompagnaient ma mélancolie des derniers jours. La musique a toujours eu sur moi cet effet salvateur. Chaque époque de ma vie, chaque événement a toujours été associé à son humeur musicale. Qu'il s'agisse du rythme, de la mélodie ou des paroles, il y avait toujours une chanson qui exprimait pour moi, ce que je n'arrivais pas à formuler.

Je me sentais forte car il fallait que je le sois. J'insérais dans mes pensées toute l'objectivité qui m'avait tant manqué jusque-là. Je me persuadais que ce que je vivais n'était autre que la vie, avec ses hauts et ses bas et que tout était encore possible.

Je travaillais également sur « la pensée positive » qui m'apportait légèreté et réconfort. Il fallait que je prenne soin de moi car c'était l'étape préalable à tout ce qui pourrait m'arriver de bien à présent. Je redevenais assidue aux cours de sport que j'avais désertés depuis déjà trop longtemps, je me plongeais dans un bain avec un bon bouquin dès que l'envie m'en prenait.

Les semaines qui suivirent se firent plus douces et agréables. Je constatais avec étonnement qu'il n'était pas si compliqué d'être un peu plus heureuse. Je profitais des moments que je passais avec lui mais organisais également, dès que possible, des soirées avec mes amis. J'allais manger chez mes parents, préparais mes prochaines vacances et travaillais d'arrache-pied sur mon article, car j'avais pris un retard considérable. J'avais repris un train-train rassurant, concentrant mes efforts sur ce qu'il y avait de plus sécurisant dans ma vie – mes amis, ma famille et mon travail – et ne laissait à mes déboires amoureux qu'une place mineure, ne tirant que le meilleur de la tendresse qu'il m'apportait sans plus penser à quoi demain serait fait.

J'avais l'impression que j'aurai pu tenir le rythme ainsi plusieurs années. En réalité, moins d'un mois s'était écoulé.

Ce jour-là, je devais rencontrer un chercheur qui travaillait sur le même sujet de recherche que moi. Nous nous étions rencontrés ponctuellement à diverses occasions professionnelles et avions décidé qu'il serait utile, pour tous les deux, de confronter nos points de vue.

Pour rendre la rencontre moins pompeuse, nous avions décidé d'y consacrer une pause-déjeuner. Autour d'un bon repas, les idées fusent tout aussi bien que le ventre creux. Rapidement, nous étions entrés dans le vif du sujet. Il était clair qu'il était aussi passionné que moi par ce sur quoi il travaillait. Nous griffonnions l'un et l'autre sur notre calepin pour immortaliser les idées qui s'empilaient. Au moment du café, nous avions déjà évoqué le sujet en long et en large, en relevant les points sur lesquels nous devrions nous concentrer lors d'une prochaine entrevue. Alors qu'un silence s'installait pendant que nous buvions respectivement nos tasses de café, il reprit la parole, sur un ton quelque peu différent que précédemment.

— Et sinon, à part tout ça, comment va la vie ?

Cette question me désappointa. Nous ne nous connaissions pas et cette interrogation me paraissait particulièrement intrusive. Elle sortait du cadre strictement professionnel qui s'était installé.

Ne souhaitant pas paraître impolie, je décidai tout de même d'y apporter une réponse. Avec un large sourire, je répondais :

— Et bien ça va, le travail me prend beaucoup de temps, mais je n'ai pas à me plaindre.

— Je suis désolé de vous avoir demandé ça. Ce n'est pas de la curiosité mal placée c'est seulement que vous me semblez si triste.

Il s'interrompit net, conscient d'avoir certainement dépassé les limites socialement admises dans de pareilles situations.

La voix moins assurée et le sourire plus figé, je lui assénai un valeureux :

— Non, non ça va. Tout n'est pas parfait, mais ça ne l'est jamais.

Ma voix se brisa lorsque je prononçai ces derniers mots. Mes yeux commencèrent à s'embuer.

À ce moment même, le serveur apportait l'addition que nous nous partageâmes. Après avoir confirmé la nécessité de se revoir pour approfondir certaines problématiques, nous échangèrent les salutations d'usage et partîmes chacun de notre côté.

Je restais toutefois chamboulée par sa remarque.

Cet homme qui ne me connaissait pas avait lu clairement en moi. Il avait comme donné un coup de massue sur la carapace que je me construisais petit à petit, anéantissant tous les efforts entrepris.

Je repris la route du laboratoire, déçue de n'avoir pas su faire illusion plus longtemps.

Chapitre 21

En chemin, sans bien savoir pourquoi, mes larmes se mirent à couler le long de mes joues. Je ne contrôlais vraiment plus rien, un peu comme lorsque les gouttes de transpiration s'amoncelant dans nos cheveux au niveau de la tempe décident à un moment donné de faire le grand plongeon sur le creux de notre cou.

Littéralement, ma carapace était fêlée, elle laissait passer l'eau. Ces larmes coulaient sans sanglot, sans émotion. Je les essuyais consciencieusement au fur et à mesure pour tenter de garder mon visage au sec.

Arrivée au travail, je profitai de l'ascenseur pour effacer les coulures de maquillage, les dernières taches d'eau et retrouvai mon « visage du travail ».

La journée se termina sans heurt, paisiblement. Quand il fut l'heure de rentrer, je quittai mon poste de travail. Une fois sortie de l'immeuble, mes pleurs reprirent, bien malgré moi. Ne me sentant pas la force d'entrer dans le terrible observatoire des transports en commun, je décidais de rentrer à pied.

Les regards des rames de métro ont toujours eu sur moi l'effet d'un miroir grossissant. Une sensation toujours désagréable où l'image que l'on reflète n'est pas fidèle à la réalité.

C'était évident que l'on ne pouvait pas, dans un temps aussi court, sans même échanger un simple mot, connaître quelqu'un, savoir qui il était, ce qu'il avait vécu, et vers quoi il se dirigeait. Pourtant les jugements fusaient dans ce huis clos.

Je repensais alors à mon premier flash qui avait eu lieu sur la ligne 8, cette jeune femme élancée en short qui m'était apparue enfant se blessant le genou dans un parc en faisant du vélo. Je ne connaissais rien d'elle et n'avait même jamais pu vérifier si cette vision avait une once de vérité.

C'était d'ailleurs le cas pour chacune de mes « impressions », je les tenais pour acquises, utilisant les données ainsi recueillies comme étant véritables. Cela faisait près de quinze ans que je donnais toute confiance à ces images sans même avoir recherché à m'assurer si elles n'étaient pas le reflet d'une vision altérée par ma loupe. Cette question remettait en cause tout ce sur quoi je m'étais construite. J'avais bâti mon existence sur un don qui peut-être n'avait jamais existé.

Je repensais à mon déjeuner et à la manière dont mon interlocuteur m'avait percée à jour. Il n'avait eu besoin d'aucun contact physique pour y parvenir et pourtant il avait visé juste. Il n'avait pas exprimé avec des mots ce qu'il avait découvert sur ma vie actuelle, mais je lus dans ses yeux qu'il comprenait ce que je traversais.

Était-ce possible que j'aie pu imaginer pendant presque deux décennies détenir un pouvoir qui n'existait pas ? Je me sentais unique, puissante par cette connaissance qui me rapprochait de mes congénères, j'avais pu entamer des conversations avec des inconnus et créer des liens forts avec des gens. Mais sur quelle base, sur la base de préjugés ? De ce que je pensais d'eux et qui me paraissait si criant de vérité, ma vérité.

Pourquoi ces images me parvenaient-elles si ce n'était que le fruit de mon imagination ? Pourquoi ne pas faire comme tout le monde et simplement essayer de se mettre à la place des gens plutôt que de s'attacher à des flashs ridicules ?

Je me sentais au plus mal, toutes mes certitudes s'effondraient. Je repensais à une phrase de Charles Bukowski : « Le grand problème dans le monde c'est que les personnes intelligentes sont pleines de doutes alors que les personnes stupides sont pleines de certitudes. », il serait anachronique et surtout encore et toujours plus égocentrique de croire que cette citation avait été écrite en pensant à moi, mais j'en étais un illustre exemple. Le parfait emblème de la bêtise humaine qui m'avait portée pendant toute mon adolescence.

Pourquoi n'avais-je pas, dès le commencement, essayé de savoir si ce que je voyais avait existé ailleurs que dans mon esprit ? Pourquoi n'avais-je jamais eu le moindre doute sur l'authenticité de ces images ? Il me fallait vérifier, il fallait que je découvre si je m'étais laissé berner par mon inconscient. Il n'était pas trop tard pour repartir sur de bonnes bases.

Mais comment y parvenir ? Les moments d'intimité que j'avais pu ainsi dérober s'envolaient à l'instant où je me les appropriais. Toutes ces images appartenaient au passé. Je n'avais pas la patience d'attendre le nouveau flash pour vérifier ma théorie.

Tout à coup, je repensais à Fiona. Ce que j'avais vu la concernant pouvait laisser présager le pire, un climat familial angoissant et violent. Je décidais de retrouver sa trace et éclaircir tout ça, je ne savais pas encore de quelle manière j'allais pouvoir la contacter et obtenir d'elle les informations dont j'avais besoin, mais je devais essayer.

La retrouver fut relativement facile. Dans ce monde où les réseaux sociaux sont omniprésents, le plus long fut de retrouver dans ma mémoire son nom de famille. À peine le nom et le prénom entrés dans la barre de recherche, son profil apparaissait. Je la demandais comme amie.

Son profil n'était pas public et rien d'accessible n'aurait pu apporter les réponses à mes questions. Il aurait été en tout état de cause très surprenant qu'elle affichât librement, même à ses amis, le détail de son enfance malheureuse.

J'étais en train de faire la vaisselle quand je vis qu'elle avait accepté mon invitation. J'entamais la conversation avec impatience, mais ne pouvais pas décemment après aussi longtemps, l'interroger sur son histoire familiale sans passer pour une folle furieuse.

— Salut ! Comment ça va depuis tout ce temps ? Tu deviens quoi ?

— Salut ! Je suis psychologue et toi ?

— Je suis chercheuse dans un laboratoire, en mathématiques. Et tu es mariée, tu as des enfants ?

— Oui et oui ! 2 enfants, 3 et 5 ans. Des gentilles petites terreurs et toi ?

— Et non, pas encore. Je viens à peine de finir mes études… Et bien toi, tu n'as pas chômé dis-moi ! J'aime bien reprendre contact avec les gens du collège, ça me rappelle de bons souvenirs !

— Le collège, des bons souvenirs, oui enfin ça dépend ! Lol.

— C'est marrant que tu sois devenue psychologue, tu as toujours voulu faire ça ou c'est venu plus tard ?

— Un peu des deux. J'ai toujours voulu faire un travail où je pouvais aider les autres, après ça ou autre chose, c'est un peu le hasard.

Il était certain que cette conversation ne mènerait pas à des confidences.

Après mon flash, j'avais essayé de l'intégrer à notre groupe et avons passé quelques bons moments entre copines mais nous nous étions perdues de vue plus de dix années après, elle n'allait pas me raconter sa vie dans les moindres détails comme ça.

Je m'en voulais de jouer les inquisiteurs à des fins strictement égoïstes, savoir si oui ou non, j'avais une faculté surnaturelle. Décidément, ces temps-ci je me trouvais tellement pathétique. Toutefois, je n'étais plus à ça près et je laissais de côté mon reste de dignité en mettant en place ma nouvelle stratégie.

— Ces derniers temps, je vais au plus mal et je me dis que c'est peut-être un signe de reprendre contact avec toi et de découvrir que tu es psychologue.

Soit dit en passant, cette assertion était tout à fait sincère. Je repris :

— Tu crois que tu pourrais me recevoir pour une séance ou déontologiquement ce n'est pas possible ? Je te paierai bien évidemment.

— Et bien je ne vois pas de difficultés. C'est vrai qu'en quatrième nous étions un peu devenues copines, nous avons passé des après-midi sympas au Mc do à côté du collège à se goinfrer de Sunday mais bon, si je ne pouvais plus avoir pour patient les gens avec qui j'ai mangé des glaces, je crois qu'il faudrait que je délocalise mon activité dans une autre région.

Elle ponctua sa phrase d'un émoticône qui pleurait de rire.

Je fis de même et lui répondis :

— Très bien, demain j'appelle ton cabinet et je prends rendez-vous.

— On fait comme ça ! Bonne soirée.

— Bonne soirée.

L'avantage était que devant le chaos actuel de ma vie, je n'avais pas à réfléchir à quel sujet aborder avec elle. En revanche, rien n'était moins évident que la façon dont je pourrai obtenir les réponses que je cherchais.

Après avoir retourné le problème dans ma tête toute la soirée, et une bonne partie de la nuit, la solution m'apparut clairement, il me fallait être honnête. Au pire des cas, elle me prenait pour une folle et me dirigerait vers un psychiatre spécialiste dans ce type de pathologie. Rassurée à l'idée de pouvoir connaître le fin mot de cette histoire, je m'endormis paisiblement.

Le rendez-vous fut fixé pour le lundi suivant, et le week-end me parut incroyablement long.

Nous étions allés au cinéma comme des amoureux, les yeux fixés sur le grand écran et les doigts entremêlés, ne remuant que ponctuellement et délicatement pour caresser la peau de nos mains. J'appréciais tout particulièrement ces moments car ils étaient synonymes d'une profonde tendresse mais en même temps, mon esprit était accaparé par une occupation me permettant d'échapper à mes éternelles problématiques. J'aurais souhaité que le film dure encore des heures.

Une fois sortie, je décidais de rentrer chez moi au motif que j'étais fatiguée et que j'avais un rendez-vous tôt dans la matinée. Il ne me posa aucune question. Nous nous embrassâmes et partîmes chacun de notre côté.

Quand l'heure du rendez-vous arriva, j'étais déjà dans la salle d'attente depuis plus de quarante-cinq minutes. Me levant sans réveil, j'avais tout fait pour ralentir mes préparatifs du matin, mais étonnamment, rien n'y faisait, et le temps s'écoulait au ralenti. Alors après avoir fini de m'habiller, de me maquiller, de vider les tickets de mon portefeuille et de passer l'aspirateur dans tout l'appartement, je pris la route pour son cabinet.

Lorsque ce fut mon tour, elle vint me chercher dans la salle d'attente. Elle n'avait physiquement que peu changé mais me semblait différente, tellement épanouie et manifestement heureuse. Elle prit d'abord la parole pour m'expliquer le déroulement classique d'une séance, me demanda de me mettre à mon aise et de parler de ce dont j'avais envie.

Je décidais de commencer par les prémices de ma chute vertigineuse, c'est-à-dire le jour où je l'avais rencontré pour la première fois, puis je décrivis chronologiquement, chacun des événements qui étaient survenus depuis. Je passais sur les détails pour être certaine que nous pourrions évoquer avant la fin de la séance la question qui me taraudait.

J'arrivais à ce déjeuner qui m'avait bouleversé et évoquais enfin mes doutes sur ce qui m'amenait à l'avoir recontactée.

— Je pense qu'il est important que je te dise que depuis que j'ai 12 ans, je crois pouvoir voir et ressentir des moments de vie des personnes que je côtoie. Je me rends compte à quel point ça à l'air ridicule en l'exprimant ainsi à haute voix, mais il m'arrive, assez fréquemment, d'avoir des flashs sur des personnes, quand je les touche, et je peux, enfin… je crois pouvoir, connaître un peu de leur intimité en les voyant dans une situation particulière.

Je me tus, attendant une réaction, mais elle ne dit rien.

— Après ce déjeuner, de manière surprenante, je me suis mise à douter, pour la première fois, sur cette originalité. Je me suis demandé si je ne l'avais pas tout simplement fantasmée, si ce n'était pas tout bonnement mon imagination. C'est pour ça que j'ai eu l'idée de te retrouver car à l'époque, au collège, j'avais eu une vision de toi.

Allongée sur le divan, je tournais la tête pour guetter sa réaction, mais je n'en vis aucune, elle était penchée sur son bloc-notes, son crayon griffonnant par moment sur la feuille.

— Dans cette vision, tu m'apparaissais dans le noir, je crois que c'était ta chambre ; tu étais recroquevillée sur toi-même comme si tu avais froid et on entendait des pas qui montaient dans l'escalier, ces pas s'approchaient et tu semblais avoir peur.

— C'est pour ça que soudainement, au collège, tu t'étais mise à me parler ?

— Oui c'est vrai. Je te trouvais triste et seule, alors j'ai commencé à essayer de t'inclure dans notre bande pour que de temps à autre tu viennes manger ou tu passes tes heures de perm' avec nous. Tu m'en veux ?

Elle ignora ma question et m'en posa une à son tour :

— Et aujourd'hui tu t'interroges sur le fait de savoir si ce que tu as vu me concernant était vrai ou non ? Est-ce que cela changerait vraiment quelque chose ?

— De savoir si c'était vrai ou si je me l'étais imaginé ? Et bien, oui. Tu ne crois pas ?

— Aujourd'hui tu ne mets pas en doute ta réaction suite à ce que tu as vu. Tu ne regrettes pas avoir commencé à vouloir être mon amie ?

Je la coupais pour lui dire « Non bien sûr que non » mais manifestement cette phrase n'était qu'une rhétorique et elle poursuivit dans sa réflexion :

— Tu t'interroges sur les raisons qui t'ont poussée à prendre cette décision, mais faut-il obligatoirement une bonne raison pour prendre une bonne décision ?

Je restais silencieuse, captivée par son raisonnement.

— Tu es venue me voir pour chercher la vérité, pour savoir si tu avais quelque chose de particulier, un truc en plus qui faisait de toi un être spécial. La vérité c'est que tu m'as vu à un moment où je pensais que personne ne me voyait plus, je me sentais effectivement triste et seule et tu m'as permis de finir ma scolarité dans un peu moins de tristesse et de solitude. Alors moi je te dis, ce n'est peut-être pas la professionnelle qui te parle aujourd'hui, mais tu as ce petit truc exceptionnel qui fait que ton monde ne se construit pas uniquement autour de toi, que tu regardes, tu observes les autres personnes qui gravitent autour de toi et tu essayes de leur apporter ce que tu penses dont ils ont besoin. Tu ne t'es jamais demandé pourquoi pendant le temps de ta relation amoureuse, tu n'avais pas de flashs ou presque pas ?

Je la laissais poursuivre.

— Ce doit être tout simplement parce que tu étais moins attentive à tous ces détails qui sont invisibles pour le commun des mortels, mais que toi tu peux percevoir parce que ta sensibilité et ton ouverture au monde te laissent voir les blessures que les gens essayent de dissimuler derrière un sourire.

— Alors tu penses que je n'ai aucun don ? Je sais que ce n'est peut-être pas important, mais moi je me suis construite avec cette idée, et j'ai l'impression que si cette « faculté » disparaît, je ne serai plus vraiment moi.

— Je pense que tu as un don mais qu'il n'a peut-être rien de surnaturel. C'est une empathie poussée à l'extrême que ton esprit illustre par le biais d'images mais je suis désolée, je peux t'affirmer que tes visions ne sont pas toutes fidèles à la réalité. Ce que j'ai vécu dans mon enfance n'a rien de particulièrement dramatique. À cette époque-là, mon père venait d'être licencié, c'était difficile pour mes parents de boucler les fins de mois, il y avait des tensions à la maison, ils se disputaient beaucoup. De mon côté, je n'avais pas beaucoup d'amis, et peu confiance en moi, jusqu'à ce qu'un jour, une camarade de classe me propose de venir manger avec elle et ses copines. En plus, ma maison était de plain-pied, aucun escalier.

Elle me sourit. Je lui rendis son sourire.

— Tu as un don, celui d'essayer de comprendre les gens, ce qu'ils vivent ou ont vécu, ressenti. Je ne vois pas comment ça pourrait être plus magique. Peut-être que tu gagnerais à présent à utiliser cette force pour aller plus loin encore, en partageant tes sensations avec les gens qui les vivent. Partage tes images, corrige-les avec eux, apprends de ce qu'ils disent et même de ce qu'ils ne disent pas. Vis dans le monde que tu t'es construit ; un monde plein d'images et d'histoires, un monde pas seulement centré sur toi mais tourné vers les autres.

Je sortis de ce rendez-vous tellement légère et libérée. C'était évident, elle aussi avait un don, qui la rendait sacrément unique. Elle était tout simplement différente, un peu comme tout le monde car jamais je n'avais rencontré deux personnes identiques.

Chapitre 22

Forte de ces éclaircissements, je retournais à mon histoire, bien décidée à utiliser ce don qui, le concernant, m'avait tellement fait défaut. Je me retrouvais en pleine possession de mes moyens, avec le besoin vital de me plonger dans ses pensées. Y arriverais-je ? Parviendrais-je à être à l'écoute de mes sens, alors qu'à ses côtés, je me sentais comme dépossédée d'une partie de moi ? Je ne pouvais plus me contenter de cet amour aveugle. Il me fallait en savoir plus, comprendre cet homme, partager avec lui davantage que cette passion envoûtante.

Je lui proposais de nous évader tous les deux pour quelques jours et nous partîmes ainsi, à moto, pour un petit périple en direction de la Normandie. Mes bras autour de son torse, j'admirai les paysages qui défilaient à toute vitesse. Le vent fouettait les minces parties de mon visage qui n'étaient pas cachées par le casque ni le cache-cou qui me protégeaient du froid. Je le serrais fort non pas par peur de tomber mais par peur qu'il m'échappe. Malgré nos corps en contact, il me semblait si loin. Je le voyais alors en flash, seul, sur sa moto, parcourir des kilomètres comme on court pour échapper à son destin. Combien de temps avait-il passé à rouler ainsi ? Sans but ni envie. Les yeux remplis de larmes à en perdre la trajectoire exacte de la route. À espérer la rejoindre, pas volontairement, mais comme l'accomplissement de sa destinée à lui aussi. Leur destinée, celle d'être à nouveau réunis.

Les yeux perdus dans l'immensité du ciel, toutes mes pensées allaient vers lui. Cette sensation nouvelle qui semblait ne m'avoir pas quittée depuis que je l'avais connu et qui s'était installée depuis, durablement. Notre histoire qui existait vraiment, au-delà de mes désirs et mes fantasmes que je nourrissais intérieurement, les baisers et les caresses que j'avais tant espérés étaient désormais une douce réalité. Et lui, à quoi pouvait-il bien penser ?

Nous nous arrêtâmes, au milieu de nulle part, installant à même le sol une serviette en guise de table. Le rapide déjeuner posé au milieu nous séparait. Nous nous faisions face, allongés sur le flanc, nos têtes posées sur nos casques, les yeux dans les yeux et le sourire aux lèvres. Nous grignotâmes les petits sandwichs préparés, tout en se racontant les quelques anecdotes que ce moment faisait ressurgir dans nos mémoires. Puis le silence se fit, il s'allongea sur le dos, plongeant son regard dans le ciel. Ces instants où il semblait faire le vide autour de lui étaient très habituels. Je le pensais solitaire, pensif, rêveur. Désormais, je le voyais fixer des objets, des affiches, des visages mais il ne me semblait pas se retrouver seul dans son monde, mais la rejoindre le temps de quelques secondes. Parfois il esquissait un sourire, mais bien souvent il était triste ou nostalgique. D'autres fois, on apercevait la fulgurance d'une colère, qui s'éteignait soudain comme un feu que l'on étouffe. Je n'étais pas jalouse de le voir ainsi, mais lorsqu'il s'éclipsait ainsi, il me laissait alors seule. Il me semblait ne voir plus que ça, lui dans son monde à elle. Je ne voulais pas une nouvelle fois faire une erreur, je devais confronter mes flashs à sa réalité. C'est alors que le soir venu, alors que nous dînions dans un petit restaurant de village, alors qu'il s'était encore absenté dans ses rêves, en regardant au loin un couple qui s'abreuvait à une fontaine, je le surpris à lui demander « tu penses à elle ? ». Nul besoin de mots pour connaître la réponse, ses yeux en disaient long. Cette fois-ci, aux souvenirs douloureux ravivés à la vue de ce couple amoureux s'ajoutait la peine que cet aveu me ferait. Je ne parvenais pas à comprendre comment son passé pouvait être à ce point un obstacle à son présent. Mais l'empathie c'est parfois aussi admettre qu'il y a des choses que l'on ne peut pas comprendre. Alors avec tendresse, je lui souris et caressa sa barbe comme pour le consoler, bien incapable de faire plus. Se sentant lui aussi bien impuissant, il me rendit ma caresse, glissant son doigt sur l'arrête de mon nez, comme il lui plaisait tant à le faire.

Chapitre 23

Je savais de nouveau qui j'étais et décidais de regarder ma vie de cet œil extérieur que j'avais si souvent utilisé avec les autres. J'étais éperdument amoureuse mais lui n'était pas encore prêt à faire entrer quelqu'un dans sa vie. Ludwig Borne disait : « Se défaire d'une illusion nous rend plus sage que de détenir la vérité », alors je pris mon stylo et lui écrivis ces quelques mots :

Il y a des événements qu'il faut se remémorer plusieurs fois pour qu'ils prennent un sens. Un jour tu as été totalement honnête sur tes sentiments, sur ce que tu envisageais pour nous. Ce jour-là, j'ai cru que tu allais rompre mais finalement non et je m'en suis réjouie, me pensant satisfaite de cette situation, me pensant capable de freiner quelque peu mes ardeurs et ne pouvoir profiter que du meilleur.

En fait la rupture était déjà là, seule la date d'effet tardait à venir...

Et de mon côté, par crainte de cette épée de Damoclès qui finirait par tomber, je tentais de m'éloigner. Je limitais mes écrits au strict nécessaire et gardais pour moi tout ce qui composait mes pensées car dans beaucoup d'histoires ce qui n'est pas dit n'est simplement pas réel et je voulais étouffer en moi ce qui était en « trop, » et continuer dans le simple et dans le beau.

Mais même si les moments que l'on vit sont beaux, rien n'est simple et trop souvent dans mes choix à vouloir tout concilier je me perds... Je pourrais continuer à le faire si tout ça avait un avenir mais tu n'en vois aucun, et il n'y a pire aveugle que celui qui ne veut pas voir.

Alors je ne veux pas me perdre plus encore dans ce chemin sans issue même si la route est belle. Je n'aurai pas la force de rebrousser chemin...

Tu sais, ma dernière relation s'est terminée parce que je voulais sortir de cette apathie qui me tuait à petit feu. Vivre. Me jeter à corps perdu dans quelque chose de vrai, sans retenue, même si je devais en souffrir, parce que souffrir c'est toujours mieux que de ne rien ressentir.

Il faut se méfier des souhaits que l'on formule parce que parfois ils se réalisent...

Chapitre 24

Les premières semaines étaient les plus dures. Je ne cessais de me demander si j'avais fait le bon choix. Il me manquait terriblement, j'avais envie de le voir, de l'entendre, de sentir le contact de sa peau contre la mienne, être serrée fortement dans ses bras. Pourquoi m'infligeais-je cette souffrance ? Est-ce que c'était une fuite ? De l'autosabotage ? Je me rappelais la phrase de Nelson Mandela : « Que vos choix reflètent vos espoirs et non vos peurs ». Cette séparation était-elle guidée par ma peur de l'engagement ? La peur d'aimer cet homme plus que lui ne pourrait jamais m'aimer. Et si j'avais été plus patiente, si je l'avais accompagné dans ce deuil qu'il n'avait pas encore fait ? Les questions se bousculaient dans ma tête, ne laissant que peu de place aux réponses.

Je ne devais pas me laisser polluer l'esprit par ces doutes. La vraie question, je me l'étais posée le jour où je lui avais écrit cette lettre et ces mots constituaient la seule réponse qui vaille. Une réponse raisonnée et raisonnable, tirée du constat que je n'étais pas heureuse et qu'il fallait donc sortir de cette relation. Le temps n'aurait rien fait à l'affaire. Seules les actions peuvent faire évoluer une situation et je n'avais aucun moyen d'agir pour qu'il parvienne enfin à faire un peu de place pour quelqu'un d'autre dans sa vie. Ce n'était pas une fuite mais un départ, un nouveau départ.

Au fil du temps, les choses évoluèrent. Les journées se suivaient et ne se ressemblaient pas. Certains matins, je me sentais forte, je me sentais belle et j'avais l'impression que rien n'était impossible. Mes sourires étaient comme des passerelles vers les gens que je croisais. Je multipliais les rencontres, dans une bonne humeur ambiante et m'enrichissais de ces nouveaux contacts. Je ne cherchais pas à rencontrer un homme, mais j'avais ce besoin d'échanger, de faire partie de ce monde.

D'autres jours, je me levais avec peine. Son absence me pesait, je me sentais triste et en colère. Mon reflet m'horripilait. Je me reprochais d'avoir fait sortir de ma vie la personne qui m'avait permis de me sentir plus vivante que jamais. Je luttais dans ces moments-là pour ne pas l'appeler, juste pour entendre sa voix, ni passer à côté de son travail pour simplement l'apercevoir. Je m'en voulais de ne pas avoir su trouver une meilleure solution à nos problèmes, me laissant aller à la facilité d'une rupture. Je souffrais et me confortais dans l'idée que je le méritais, puisque tout était de ma faute. Ces jours-là, je me réfugiais chez Emilie et Pierre. Parfois, nous parlions pendant des heures à son sujet. Nous nous rappelions ensemble les raisons pour lesquelles j'avais mis fin à notre histoire. Sans jamais porter de jugement, ni me rassurer sur le fait que j'avais pris la bonne décision, ils me détaillaient objectivement les éléments qui m'avaient permis, moi-même d'analyser la situation et d'arriver à cette solution. Les données du problème étaient invariablement les mêmes. Alors je décidais d'assumer mon choix, je m'étais respectée en privilégiant mon bien-être à cette parodie de bonheur. Je devais être fière d'avoir su me dépêtrer de cette incertitude qui me rongeait, qui ne me menait à rien.

Les questions pouvaient continuer à fuser dans ma tête, la réponse serait toujours la même. Ce n'était pas un combat entre ma raison et mon cœur, les deux devaient livrer ensemble la même bataille.

À l'image de l'océan qui retrouve son calme après la tempête, je retrouvais la paix, oubliant qu'il y a quelques heures seulement, les éléments se déchaînaient.

Les mauvais jours s'espaçaient de plus en plus. Même les pensées qui lui étaient consacrées étaient plus douces. Je pensais avec tendresse aux bons moments que nous avions eus et à toutes les choses qu'il m'avait apportées. Sans lui, je n'aurai jamais compris ce qu'était exactement mon don et comment je pouvais l'utiliser à bon escient.

Chapitre 25

Pendant toutes ces années, j'avais considéré mon don comme un pouvoir magique. La vision de Fiona sur cette capacité à entrapercevoir la vie des gens n'avait pas véritablement changé la donne. Si la dimension mystique s'en trouvait quelque peu amoindrie, elle demeurait présente. Je parvenais, en regardant attentivement les personnes, à déceler les informations qui me permettaient d'en connaître plus sur eux. Une sorte de Sherlock Holmes qui n'aurait pas vocation à résoudre des crimes, mais à comprendre les autres. Mon esprit, sans le moindre effort de ma part, mettait en image le script de leur vie que j'avais ainsi découvert. Les images n'étaient pas toujours fidèles, elles mêlaient à ces données objectives, mon illustration subjective.

La promesse que je m'étais faite après le rendez-vous avec Fiona ne m'avait pas quittée. Je devais mettre à profit cette faculté. Je n'avais pas encore réussi à comprendre tout le mécanisme, pourquoi me fallait-il un contact physique pour parvenir à ce flash ? Peut-être s'agissait-il d'un déclencheur que j'avais inventé inconsciemment, pour ne pas me laisser éparpiller par ce flot d'informations ? Et s'il n'y avait pas de réponse. La nouvelle « moi », celle que j'avais découverte auprès de Fiona, devait à tout prix différencier sa sphère professionnelle de sa vie privée. Si au laboratoire, mon travail m'imposait de ne pas laisser les énigmes sans solution, il pouvait en être autrement pour le reste. Ce mystère insaisissable faisait partie de moi, voilà tout. Je m'identifiais parfois aux héros de Marvel, la découverte de leur superpouvoir, l'apprentissage de leur utilisation et la classique prise de conscience : « De grands pouvoirs impliquent de grandes responsabilités ». Est-ce que moi aussi je devais me considérer comme investie d'une mission ? Très prise par mes recherches qui avançaient à pas de géants, ma première réaction fut de me dire que je n'avais manifestement pas de créneaux disponibles dans mon agenda pour sauver le monde. Quelle idée !

Je m'imaginais ironiquement dans une tenue en acrylique moulante, d'une couleur bleue criarde, sur laquelle serait dessinée une multitude de petits cortex jaunes, reliés comme des connexions neuronales. Au centre d'un attroupement dans la rue, je me penchais sur un pauvre homme qui avait soudainement perdu connaissance. Je me voyais alors, face à la demande générale, intervenir de toute urgence en apposant la paume de main sur son front pour découvrir le mal qui le rongeait. Le flash tant attendu arrivait. C'était une piqûre d'abeille, l'animal l'avait discrètement piqué et il en était allergique. Je confiais alors aux ambulanciers dépêchés sur les lieux, les préconisations médicales qui m'étaient apparues ; ils me remerciaient, la foule m'acclamait et moi, je me précipitais pour quitter les lieux… d'autres personnes avaient besoin de moi.

Cette affabulation me fit sourire. Une imagination débordante, divertissante mais qui me ramenait à la dure réalité. Je n'avais absolument pas de temps à consacrer à un projet d'une telle ampleur, je n'aurais même pas le temps matériel pour confectionner mon costume de superhéros. Et puis je repensais à une phrase qu'un ami m'avait dite un jour, précepte du judaïsme : « Qui sauve un homme sauve l'Humanité tout entière ». Cet objectif me semblait déjà beaucoup plus réalisable. Une seule et unique personne. Pour commencer. Restait à savoir qui. J'ignorai s'il s'agissait d'une véritable vocation ou d'une de mes nouvelles expériences scientifiques. Avant ce jour, je n'avais jamais utilisé mes flashs pour aider quelqu'un. Si mes ressentis m'avaient, à de nombreuses reprises, guidée pour faciliter mes relations avec les autres, jamais je n'avais eu l'intention de faire une bonne action. Était-ce d'ailleurs possible ? Se pourrait-il que mon pouvoir ne serve que mes intérêts ? Qu'il ne puisse en aucune manière avoir un impact positif sur mon entourage ? Et s'il ne s'agissait que d'une sorte de gadget ? Comme ces objets qui sont vendus pour améliorer le quotidien mais dont on se passait très bien avant. Les mots de Fiona résonnaient encore en moi. Grâce à ce flash qui m'avait permis de voir la solitude dans laquelle elle était plongée à l'époque, je l'avais intégrée à notre groupe d'amies et lui avais permis de partager de bons moments avec nous. J'avais ce don, ce dont j'allais en faire ne dépendait que de moi. Je devais me concentrer sur une seule personne, quelqu'un que je côtoyais un peu, mais pas trop. J'identifiais rapidement trois ou quatre personnes à qui je n'avais jusque-là que très peu prêté attention et qui pourraient être le cobaye idéal. Le jeune homme de la cafétéria qui a toujours le regard fuyant et la mine triste, ou encore ma concierge qui, au travers de son babillage incessant, devait sûrement avoir un problème intérieur à résoudre pour détester à ce point le silence. Je constatais une nouvelle fois que mes travers avaient repris le dessus et que si ma première intention était louable, elle avait muté en une étude scientifique froide et sans cœur. Les bonnes résolutions de mettre de côté ma rigueur mathématique n'avaient pas durées, mais il n'était pas trop tard pour se remettre sur le droit chemin. Je ne devais pas choisir, je ne devais pas réfléchir et devais simplement laisser faire les choses. L'Humanité n'était pas en péril imminent, elle pouvait bien attendre encore un peu.

Chapitre 26

L'Humanité n'eut pas à attendre longtemps. Dès le lendemain matin, alors que je me réveillais en retard, je courrai dans l'appartement pour rassembler mes affaires, éparpillées la veille. Soudain, trois coups de balai résonnèrent dans la cuisine, trois coups secs et francs. Il est vrai que l'heure était malgré tout matinale, surtout pour entreprendre un footing d'intérieur. Mon voisin du dessous qui râlait à intervalles réguliers depuis que j'avais emménagé avait sûrement raison aujourd'hui. Une fois habillée, je mis mon manteau, attrapai mon sac à main, et bien que l'heure de ma réunion approchait à grands pas, et pour la première fois depuis que j'habitais cet immeuble, je fis un arrêt devant la porte du troisième étage pour présenter mes excuses. Je dus patienter un long moment jusqu'à ce que quelqu'un vienne m'ouvrir ; au point même d'envisager de renoncer et de filer au bureau sans plus d'explications. Je me ravisais. La situation serait pire, il aurait pensé à une blague potache qui sans aucun doute, ne l'aurait pas fait rire. Lorsqu'il m'ouvrit la porte, je me rendis compte que jamais nous nous étions parlé autrement qu'au travers de nos murs. Je l'avais aperçu, souvent de dos, et avais pris l'habitude de ralentir pour éviter de partager l'ascenseur à ses côtés. Il devait avoir près de 80 ans, la peau ridée et le regard d'un bleu clair, presque transparent. Il me regardait fixement sans un mot.

— Bonjour. Je suis la voisine du dessus. Je voulais prendre le temps aujourd'hui de vous présenter mes excuses pour le bruit que je fais quelques fois, et plus particulièrement ce matin.

En guise de réponse, je reçus une sorte de raclement de gorge puis la porte qui se fermait.

Le point positif était que j'étais toujours aussi pressée et que cet échange éclair n'avait que très légèrement accentué mon retard. Je me sentais également contente d'avoir fait cette démarche. Cet homme était sûrement à la retraite, il vivait seul et semblait n'avoir que de très rares visiteurs. Son quotidien était donc essentiellement rythmé par le bruit que je faisais. Pas étonnant que même s'il n'était pas grincheux au départ, il le soit devenu. C'est à ce moment-là que je me suis dit que ça allait être lui, ma « bonne âme à aider ». Je ne connaissais absolument rien de lui, n'avais échangé que ces quelques mots, en plus des diverses onomatopées criées par-delà les cloisons. Le défi était colossal. Je ne savais pas s'il avait besoin de mon aide, mais il ne me restait plus qu'à le découvrir.

Toute la journée je profitais de mes courts instants de libre pour échafauder un plan. Ce n'était pas une mince affaire. En premier lieu, j'étais assez peu habituée à préméditer mes flashs. S'il m'arrivait, piquée par la curiosité, de créer l'opportunité, ce n'était que sur l'instant. Ensuite, sa réaction de ce matin n'allait pas simplifier les choses. Je n'avais que peu de doutes sur le fait qu'il me détestait et si je ne m'attendais pas à un large sourire après mes timides excuses, je pensais qu'il prendrait au moins la peine de me répondre. Nous étions partis sur de très mauvaises bases ; il supportait mon bruit quotidien depuis plus de 24 mois et je n'avais jamais même pensé à lui présenter mes excuses avant ce jour. Avais-je au moins essayé de mon côté de limiter ces nuisances sonores ? Même pas. Je l'avais catégorisé, dès le début, comme le voisin rabat-joie qui rouspéterait, quoi que je fasse, à la moindre occasion. Pas une seconde il ne m'était venu à l'idée que ce puisse être moi, la voisine invivable, égoïste, qui troublait la tranquillité de ses congénères. La première étape était donc simple, il suffisait de supprimer les causes de dissensions. Le week-end qui suivit, en pyjama et en chaussons, je passais en revue mes mauvaises habitudes bruyantes, afin de trouver des moyens pour y remédier.

J'achetai deux tapis, un premier pour l'entrée, où poser mes chaussures sans faire claquer mes talons sur le carrelage, et un que je disposai sous la table de salon, où il m'arrivait souvent de dîner. Elle était basse et la position que j'adoptais pour manger, peu pratique. Aussi, il m'arrivait trop souvent de faire tomber mes couverts. J'apposai également des patins sous mes chaises et autres mobiliers que je déplaçais, plus ou moins volontairement. J'installai une horloge dans ma salle de bains pour me rappeler qu'il fallait cesser les douches nocturnes et les lessives matinales. Les jours qui suivirent, j'étais particulièrement vigilante à mes gestes et mouvements, et constatai que les rapides mesures que j'avais mises en place avaient déjà atteint l'objectif visé. Aucun coup de balai, aucun cri ni percussion sur la tuyauterie. Je poursuivis mes efforts encore toute la semaine suivante, avant d'envisager de renouveler mes excuses. Il s'agissait de la deuxième étape indispensable. À y repenser, ma première visite, le regard accroché à ma montre, n'avait rien de très sincère. Il me fallait y retourner, en prenant cette fois-ci le temps. J'hésitai à accompagner mes mots d'un petit présent, comme un gâteau fait-maison par exemple. Puis me rappelant de mes faiblesses en matière culinaire, je renonçai à cette idée. L'empoisonner, sans nul doute, n'était pas la meilleure manière pour faire connaissance.

Le samedi matin, à 11 heures, je me préparai psychologiquement à ma nouvelle approche. Je soignais également ma tenue pour faire bonne impression. Je savais qu'il partait généralement faire le marché à 9 h 15 et revenait une heure plus tard, pour éviter les grandes affluences. Je savais que si je passais chez lui vers 11 heures, je ne le prendrais pas de court. Ni trop tôt puisqu'il serait déjà sorti, ni trop tard en train de s'affairer à la cuisine, et donc tout à fait disponible pour écouter ma grande tirade. Je m'y étais préparée comme j'avais l'habitude de préparer mes prises de parole en public, dans le cadre de mes recherches. Je devais savoir quoi dire, comment le dire, pour intéresser mon auditoire et ne pas les perdre en cours de route. Je devais avouer que jamais je n'avais eu de public aussi hostile. Mon stress était donc palpable et c'est le cœur battant que je descendais les escaliers, doucement, finalement pas si pressée que ça d'en découvrir davantage sur mon « pouvoir de divination ». Une fois devant l'œilleton qui semblait me fixer, je pris une grande respiration et frappai à la porte. La porte s'ouvrit rapidement. Était-il derrière la porte à m'observer ? Je l'ignorais mais contrairement à ce que je pensais, il était déjà aux fourneaux. Une agréable odeur de légumes cuisinés s'échappait de la pièce attenante.

— Bonjour, monsieur. J'espère que je ne vous ennuie pas. Je voulais une nouvelle fois vous demander de bien vouloir accepter mes excuses pour les nombreuses fois où j'ai pu troubler votre tranquillité. J'ignore pourquoi il m'a fallu autant de temps pour me rendre compte à quel point cette situation a dû être pénible pour vous. Je ne sais pas si vous avez remarqué, mais j'ai fait quelques aménagements dans mon appartement pour limiter le bruit.

Ma phrase était tournée comme une question mais, après lui avoir laissé un temps suffisant pour qu'il prenne à son tour la parole, je constatais qu'il n'en avait absolument pas l'intention. Je poursuivis.

— Surtout, n'hésitez pas à me dire s'il y a de nouvelles améliorations que je pourrais apporter à mon intérieur pour éviter de vous déranger. C'est difficile, enfin, ce n'est pas évident de se mettre à votre place, enfin à la place de son voisin du dessous plus généralement, pas nécessairement vous…. Alors, bon, vraiment n'hésitez pas, je voudrais vraiment que vous ne soyez plus dérangé.

Son absence de réaction me déroutait. Il avait pourtant très bien l'air de comprendre ce que je disais, mais il restait là, debout, à me regarder droit dans les yeux, de son regard transparent, sans aucune expression. Je commençais à perdre mes moyens. Je n'avais qu'une envie, abréger mon calvaire, et courir me réfugier dans mon petit deux pièces. Mais si je m'arrêtais là, jamais je ne parviendrais à découvrir le mystère de monsieur… Je constatais que je ne connaissais même pas son nom. Je ne pouvais pas abandonner ainsi, à la première difficulté.

C'est alors que je décidai de lancer ma main en direction de la sienne, tout en lui disant.

— Moi c'est Laure, Laure Blanchon. Et vous, c'est comment ?

Sans conviction, il me rendit ma poignée de main.

Je fus surprise par la soudaineté de mon flash tant je ne fondais que peu d'espoir sur la réussite de mon stratagème. Je le vis alors, âgé d'une quarantaine d'années, habillé d'un tablier, en train de faire revenir à la poêle des champignons avec l'agilité des grands cuisiniers. Les morilles dansaient dangereusement dans ce contenant, dans une musique de frétillements. À chaque mouvement, elles semblaient vouloir s'échapper, mais retombaient finalement dans la poêle. Une femme assise près de la table de la cuisine, un livre à la main, leva la tête quelques instants pour admirer ce geste d'une justesse parfaite et lui adressa un sourire appuyé.

— Monsieur Latour

Sa voix faible me ramena à la réalité. Il avait répondu d'une manière presque imperceptible. Puis, se racla la gorge et reprit d'une voix plus grave et plus assurée :

— Moi c'est monsieur Latour.

— Et bien enchanté monsieur Latour, et encore mille fois pardon. Permettez-moi aussi de vous dire que je crois n'avoir jamais senti une odeur si alléchante, vous semblez être un fameux cuisinier. Vos convives doivent avoir une sacrée chance de goûter à vos mets.

Immédiatement, je m'interrompis. Quelle gaffe ! Je savais qu'il ne recevait que peu de visites, cette remarque était vraiment malvenue.

D'une voix toujours aussi posée, il me répondit seulement :

— C'est vrai que c'est mieux maintenant… il n'y a presque plus de bruit. J'ai même cru que vous étiez morte !

Son regard transparent me regardait toujours fixement, mais je percevais désormais une petite lueur. Serait-ce de l'humour ? Je l'espérais, sinon, sa réflexion serait quelque peu déplacée. Je décidais de lui donner sa chance, en espérant que lui aussi, m'en donne une en retour. Je répondis avec un grand sourire sincère :

— Et bien vous voilà rassuré, monsieur Latour, je vais bien ! Bon week-end !

La porte se referma. C'est ainsi que s'acheva mon premier grand plongeon dans la vie de monsieur Latour.

Il me tardait de rentrer à la maison, pour réfléchir à ce qui s'était passé et ce que j'avais appris sur mon énigmatique voisin.

Chapitre 27

Arrivée chez moi, je m'installai sur le canapé. J'avais envie de ressentir à nouveau les sensations qui m'avaient envahie au moment de mon flash. L'homme que j'avais vu n'avait rien de similaire à l'homme qui habitait mon immeuble aujourd'hui. Ce n'était pas tellement une question d'âge, mais plutôt de charisme. Monsieur Latour, lorsqu'il était plus jeune, occupait l'espace. La cuisine était son art. Dans ma vision, vêtu de son tablier, il était en représentation pour son unique spectatrice, son épouse. Et lorsqu'elle décrocha ses yeux de son livre pour les porter amoureusement sur son mari, on y voyait briller l'admiration qu'elle lui portait.

Soudain, j'entendis au loin le clocher de l'église qui sonnait midi. Emilie et Pierre allaient bientôt arriver et je n'avais encore rien préparé. Je me levai alors précipitamment en direction de la cuisine pour réaliser le plat que j'avais prévu, hachis parmentier au confit de canard. Rien de bien sorcier, essentiellement de l'assemblage et un rapide passage au four. J'attrapai la boîte de conserve de cuisses de canard confit, l'ouvrai et commençai à séparer la chair de tout le reste. En parallèle, je reconstituai la purée à partir de poudre déshydratée. C'est sûr, ça n'avait rien à voir avec de la grande cuisine, mais je pouvais ainsi offrir à mes amis un repas finalement assez délicieux. Lorsque j'enfournai le plat pour un léger dorage, je saisis mon téléphone pour enregistrer une alarme en plus de la minuterie du four. Il m'était arrivé bien trop souvent d'oublier mes préparations. Emilie m'avait envoyé un message m'informant qu'ils arrivaient bientôt. Je finissais de dresser la table quand les deux tourtereaux franchirent le pas de la porte.

Rapidement, la conversation s'orienta sur mon expérimentation. Depuis que je savais qu'Emilie croyait à mes flashs, nous en parlions ouvertement. Pierre, bien entendu, était de la partie. C'est donc naturellement que mes amis avaient été mis au courant de ma volonté nouvelle d'user de mon don pour faire le bien autour de moi. Ils étaient impatients de connaître les étapes franchies. Ce vieux monsieur, ils l'avaient croisé parfois dans les couloirs et avaient limité leur interaction au regard de travers qu'il leur décernait, en leur qualité « d'amis de la trouble-fête ».

— Je ne crois pas qu'il soit foncièrement méchant. Je crois qu'il m'a prise en grippe avec tout le boucan que je fais. Quoi de plus naturel ? Il s'appelle M. Latour et de ce que j'ai vu, il était marié et certainement cuisinier professionnel. Son épouse doit être décédée aujourd'hui. Je ne l'ai jamais vue et il y a cette petite lueur triste dans ses yeux qui ne laisse aucun doute. J'ai l'impression qu'il a de l'humour mais peu de personnes avec qui le partager.

— Il a des enfants ? interrogea Pierre.

— Je n'en sais rien. Enfin, oui, je pense. Lorsque je l'ai vu cuisiner, avec l'agilité d'un chef, on voyait qu'il concoctait ce petit plat pour les siens, alors je pense que oui, il doit avoir des enfants. Mais ils ne viennent jamais. Je n'ai jamais vu un seul visiteur…

Emilie semblait réfléchir tout haut :

— Peut-être ne vivent-ils pas dans la région ? Et puis, tu n'es pas toujours chez toi, peut-être qu'il reçoit du monde que lorsque toi tu n'es pas là… Peut-être craint-il de faire trop de bruit, de te déranger ?

Elle ponctua sa phrase d'un grand sourire taquin. Emilie, d'une nature discrète, s'était émue à plusieurs reprises de certaines nuisances nocturnes lorsqu'un repas festif s'éternisait chez moi. Elle poursuivit : Quelle est la prochaine étape ?

— Je ne peux pas me contenter de ces rapides conversations de palier. Il faut que je parvienne à créer une véritable relation, que je connaisse les raisons pour lesquelles il a l'air si malheureux, et peut-être parviendrais-je à lui rendre plus agréable son quotidien.

— Tu lui fais grâce de ton tintamarre depuis plus d'une dizaine de jours déjà. C'est sûrement déjà un homme comblé ?

Emilie éclata de rire à la blague de Pierre. Je me mis à rire aussi.

— Et si on passait à table ?

— Ça y est mon amour, on a dépassé les bornes. Elle va à coup sûr essayer de nous empoisonner…

Je leur tirai la langue en guise de réponse.

Je servis une part de hachis à chacun, et remplis nos verres de vin. Je m'installai en face d'eux, les contemplant déguster mon plat. Ils étaient beaux tous les deux et formaient un couple tellement complice. Je me surpris à sourire niaisement. Perdue dans mes pensées, je bousculai la bouteille de vin rouge qui trônait au milieu de la table. Alors qu'elle menaçait de tomber, chacun d'entre nous eut le même réflexe. De concert, nos trois mains se réunirent pour la saisir fermement, lui redonnant sa stabilité d'origine. C'est alors qu'un flash m'apparut. Je voyais mes amis, penchés au-dessus d'une poussette, gazouillant et souriant, à un petit être qui en faisait autant.

Je restais bouche bée. Lorsque je parvins enfin à dire un mot, ce fut :

— Emilie… tu es enceinte ?

— Oh, mon Dieu, ne me dis pas que tu nous as vus en train de concevoir un enfant ?

— Non, bien sûr que non, répondis-je en riant. Non, je vous ai vu tous les deux avec une poussette, heureux comme jamais !

— Et c'était une fille ou un garçon ?

— Je ne sais pas. Mais c'est vrai ? Tu es enceinte ? Vous allez avoir un bébé ou j'hallucine ?

Avec un grand sourire aux lèvres, ils me répondirent, en chœur, « Oui ».

— Mais comment ça se fait, tu vois dans l'avenir toi maintenant ?

— Eh bien, je ne comprends pas. C'est la première fois que ça m'arrive. …

Complètement abasourdis, on se regardait en silence.

— Allez ! Mangez ! Sinon ça va refroidir.

Fourchette à la main, chacun dégustait tranquillement son plat, profitant du bonheur de cette annonce, tout en restant étonné par cette vision mystérieuse.

— Il est vraiment bon ton hachis. Honnêtement, je ne dis pas ça pour te flatter, c'est délicieux. Alors c'est vrai que tu n'es pas une grande cuisinière, et que tu nous fais à chaque fois le même plat, mais quel plat !

— Merci pour le compliment Pierre ! C'était bien un compliment ?

— Oui c'en était-un, dit-il les joues légèrement empourprées.

— Oui je sais, je te taquine. Certains ont le talent de la cuisine, moi ce n'est pas mon cas.

Je m'interrompis. La solution était juste devant mes yeux, des cours de cuisine. Je devais réussir à convaincre M. Latour de me donner des cours de cuisine. Quelle meilleure occasion pourrions-nous avoir pour discuter de tout et de rien ? Je parviendrai peut-être ainsi à découvrir le mystère de sa solitude.

— Je vais lui demander de m'aider à préparer un dîner, pour l'anniversaire de ma mère. Je vais lui expliquer que je veux lui faire une surprise, que d'habitude c'est elle qui me conseille, mais que je veux vraiment surprendre mes parents avec un repas digne d'une table étoilée. Comment amener ça ? Encore une discussion devant le pas de sa porte ? Et s'il me disait non, je pourrais difficilement insister.

Mes réflexions n'étaient plus destinées à mes convives mais à moi-même, il me fallait échafauder un plan pour m'assurer qu'il ne pourrait pas se débarrasser de moi en fermant simplement la porte.

— Eurêka !

Ils me regardaient fixement, impatients de découvrir mon idée.

— Bon t'accouches ! fit mine de me crier Emilie.

— Je vais m'enfermer dehors…

Incrédules, mes amis restaient silencieux. Je poursuivis.

— Si je m'enferme dehors, il ne pourra pas me renvoyer chez moi. Je vais faire exprès de claquer la porte de mon appartement avec mes clés à l'intérieur. Bien sûr sans téléphone, comme ça je descends voir M. Latour, lui demande de bien vouloir me prêter son téléphone pour appeler un serrurier – je suis sûre qu'il a un téléphone fixe en plein milieu de son salon – et j'attends patiemment l'arrivée du serrurier chez lui.

Satisfaite de mon plan, j'attendis le départ de mes amis pour en peaufiner les détails. Après avoir vérifié les tarifs sur Internet, je décidais de poser une journée de congé dans la semaine pour le mettre à exécution. Faire appel à un serrurier en urgence est beaucoup plus raisonnable en journée dans la semaine, qu'en week-end ou en pleine nuit. Déjà que je serai contrainte de faire des frais, autant les limiter au maximum.

Le mardi suivant, à 10 heures, c'est donc en tenue d'intérieur décontractée que je refermais soigneusement ma porte d'entrée, après avoir pris soin de laisser les clés sur la table de la cuisine. Parmi mes recherches, j'avais lu qu'il était plus aisé pour le serrurier d'intervenir si la clé n'était pas derrière la porte, alors je mettais toutes les chances de mon côté pour tenter de réduire les dommages collatéraux de mon stratagème farfelu. Pour être crédible, je devais ne laisser au hasard, aucun détail. C'est la raison pour laquelle je traînais, assez honteusement, dans les couloirs de l'immeuble, mes pieds revêtus de mes « chaussons en forme de caca », jusqu'à l'appartement de M. Latour.

Je frappai énergiquement. Pourvu qu'il soit là ? Il est toujours là, à cette heure-ci ? Mais s'il ne l'était pas aujourd'hui ? Pourquoi je n'entendais pas de bruit à l'intérieur ? J'aurais quand même dû prendre mon téléphone, ou me cacher une deuxième clé, au cas où tout ne se passait pas comme prévu. Je me retrouvais là, devant la porte de mon voisin qui me détestait, habillée d'un ensemble gris en coton difforme, avec des chaussons ridicules, véritablement enfermée dehors, sans aucun moyen de communication. Moi qui craignais manquer de réalisme… Une vague d'inquiétude m'envahit. Je frappai de nouveau énergiquement à la porte. Monsieur Latour, de son appartement, cria « Oui, une seconde, j'arrive. ». Rassurée, j'entendais ses pas qui approchaient.

Chapitre 28

Il ouvrit la porte. Droit comme un i, il m'observait d'un air assez abasourdi.

— Eh bien, dis donc, mademoiselle ! Qu'est-ce qu'il vous arrive ? Entrez, ne restez pas dans le couloir, il fait un froid de canard.

Je m'exécutai. Je n'en menais pas large, même si mon plan se déroulait à merveille.

— Je me suis enfermée dehors… Est-ce que vous pourriez me prêter un téléphone pour que j'appelle un serrurier ?

— Un serrurier, vous n'y pensez pas. Ça va vous coûter les yeux de la tête ! Si la porte est seulement claquée, le mari de la concierge va vous arranger ça en aussi peu de temps qu'il faut pour le dire. Attendez j'appelle madame Marie. Suivez-moi, on va s'installer dans le salon en attendant.

J'entrai dans la pièce et me surpris à y retrouver un air familier. Les meubles rustiques emplissaient l'espace, donnant une ambiance chaleureuse à cet habitat. De nombreux bibelots trônaient par-ci par-là, essentiellement des petits animaux en céramique. Monsieur Latour saisit son téléphone portable posé à côté d'une petite figurine en forme de chat jouant avec sa pelote. Moi qui m'imaginai un vieux téléphone à cadran trônant au milieu du salon… Toutefois, cet appareil n'aurait nullement choqué dans cet intérieur qui semblait tout droit sorti d'un magazine des années 80. Monsieur Latour déplaça de quelques millimètres le félin joueur en attrapant son téléphone, il replaça immédiatement la petite bête à son emplacement précis. Il rechercha dans ses contacts le numéro de la concierge et s'assis sur son fauteuil qui paraissait lui être exclusivement réservé pour attendre qu'elle décroche.

— Bonjour, madame Marie. Comment allez-vous ? J'espère que je ne vous dérange pas ?

Son ton était amical, j'ignorais que monsieur Latour entretenait des relations avec certains occupants de l'immeuble.

— Je vous appelle parce que c'est la « petite » du dessus qui a claqué sa porte en laissant les clés à l'intérieur.

Il se mit brusquement à rire.

— Et non, celle-là, elle ne l'avait jamais faite !

La « petite » et maintenant cette « private joke », je découvrais une situation que je n'avais pas imaginée un seul instant. La concierge, son mari et monsieur Latour se fendant la poire à mon sujet en sirotant tranquillement un café. J'en étais presque vexée. Toutefois, les circonstances dans lesquelles je m'étais moi-même placée me contraignaient à faire profil bas. Et puis, ils n'avaient pas tout à fait tort. Entre les troubles du voisinage, les retours nocturnes dans les couloirs, les multitudes de livraisons sans que je ne sois là, ou n'entende le livreur… Il est vrai que j'étais loin de la voisine exemplaire. Étant rarement là, ni disponible, je ne pouvais jamais rendre service. Cet appartement était un point de chute, où j'atterrissais parfois même un peu moins d'une heure, juste le temps de prendre une douche et préparer un sac d'affaires pour découcher. Et lorsqu'il m'arrivait de m'y réfugier sans sortir tout un week-end, c'était pour passer l'essentiel du temps sous ma couette, devant une série ; les rares déplacements consistant à passer aux toilettes ou à la cuisine.

Il reprit son sérieux :

— Elle a besoin de nous, enfin surtout de monsieur Jean-Pierre ! Est-ce qu'il serait disponible pour faire une petite intervention miracle dont lui seul a le secret ? Ah oui bien sûr. Et bien non, aucun problème. À tout à l'heure.

Je l'interrogeais du regard, attendant qu'il me livre les informations qui rythmeraient la suite de ma journée.

— L'époux de la concierge a un rendez-vous médical ce matin, elle ne sait pas exactement à quel moment il va rentrer, mais *a priori*, il sera là pour le déjeuner. Je vous offre une tisane ? …

Ne me laissant pas le temps de répondre, il reprit :

— Boule de nerf comme vous êtes je suppose que vous êtes plutôt café, mais j'ai une fantastique tisane qui vous fera du bien. C'est mon épouse, elle avait une tisane pour chaque situation, et si je me moquais souvent d'elle à ce sujet, je dois reconnaître que les effets bénéfiques sont bel et bien réels.

Je hochai la tête en souriant.

— Avec plaisir.

Il était étonnant de voir à quel point il avait tout pris en main. Loin de l'individu acariâtre que je pensais connaître, il me rappelait soudain mon grand-père. Seule dans le salon, j'observais plus attentivement les photos qui s'y trouvaient. Trois protagonistes y apparaissaient systématiquement, à des époques différentes. Une mère et ses deux enfants, ses deux adolescents puis, ses deux grands fils accompagnés chacun de leur conjointe, et enfin leurs propres enfants, transformant la petite famille en grande tribu. Monsieur Latour n'était jamais sur les photographies. Néanmoins, on pouvait sentir sa présence, derrière l'objectif. C'était lui qui immortalisait ces moments, qui figeait sur papier le visage des siens, qui le regardaient en souriant. Les corps serrés, les bras entremêlés, on percevait distinctement leur attachement les uns aux autres. Qu'était-il arrivé pour que monsieur Latour soit aujourd'hui aussi seul ? À moins qu'il ne le fût pas vraiment. J'ignorais ses relations avec la concierge et son mari, peut-être qu'il voyait régulièrement sa famille sans que je ne m'en aperçoive.

Il revenait avec deux tasses fumantes.

— Merci beaucoup, monsieur Latour.

J'entourai la tasse de mes mains pour sentir la chaleur et la portai à mes lèvres pour goûter prudemment ce breuvage, en tentant de ne pas me brûler. Quel goût ! Je ne parvenais pas à identifier les saveurs, mais c'était excellemment bon.

— Hum, c'est vraiment bon. Je ne ressens pas encore les effets bénéfiques mais c'est déjà très agréable à déguster. Votre épouse avait de très bonnes astuces !

À peine ma phrase finie, je perçus le malaise d'avoir utilisé le passé. Je repris.

— Oui, je suis désolée, je suppose qu'elle est décédée.

— Oui, effectivement, répondit-il tristement. Ça fait bientôt deux ans qu'elle nous a quittés.

— Mais je vois que vous êtes bien entouré, vous avez une sacrée belle famille.

Un peu ailleurs, il ne répondit pas. Il semblait dans ses pensées, visualisant sa famille qu'au travers de souvenirs lointains. Son visage s'attrista plus encore.

— Vous semblez triste à l'évocation de vos fils. Vous vous êtes disputés ?

Ma remarque n'était pas préméditée. Elle semblait s'imposer d'elle-même, en réponse à sa réaction qui ne pouvait pas laisser indifférent.

— Oh, non ! Ce sont de bons petits gars. Enfin, je dis ça, ce sont surtout des pères de famille responsables, qui ont leur famille maintenant. Entre le travail, les activités des enfants, et le besoin viscéral et légitime qu'ils ont de quitter Paris dès qu'ils ont quelques jours de repos, je comprends que je ne sois pas leur priorité. Avant, lorsque mon épouse était en vie, elle avait cette capacité à nous réunir. Des fêtes imprévues aux événements savamment organisés, tout semblait simple quand elle était là. À présent, ils m'appellent pour mon anniversaire, mais il est rare qu'ils passent me voir. Et moi, je n'ose pas m'inviter chez eux. J'ai l'impression que je n'y ai plus vraiment ma place, comme si j'appartenais au passé, les archives qu'on stocke de côté, auxquelles on tient mais dont on ne s'intéresse que par nostalgie.

— Pourquoi n'auriez-vous plus votre place ? Et pourquoi attendez-vous des autres qu'ils vous en fassent une ? Si vous voulez une place, prenez-la !

— Peut-être…

— Ça se voit qu'ils vous manquent, vous pourriez prendre l'initiative de vous réunir. Sûrement que vous leur manquez aussi ? Vous semblez si proches sur ces photographies. Ce que votre femme faisait, vous pourriez le faire aussi. Des fois, le plus simple quand une situation ne nous convient pas, c'est de faire en sorte qu'elle change.

— Et bien dis donc, mademoiselle, j'ignorais que vos recherches portaient sur le bonheur !

Il ponctua sa phrase d'un sourire appuyé. Il savait que je travaillais dans un laboratoire de recherche, peut-être même savait-il sur quoi je passais mes journées, alors que moi je ne savais rien de lui.

— Et vous, ma chère, vous semblez avoir trouvé la solution, alors vous êtes parfaitement heureuse ?

Sa remarque n'était dite avec aucune méchanceté. Il s'intéressait vraiment à la réponse que j'allais lui donner.

— Oui, je crois… J'accède petit à petit à plus de sérénité. Ces derniers mois, j'ai l'impression de m'être enfin rencontrée, comme si jusque-là je vivais à côté de moi, sans vraiment me demander ce que j'aimais, ce que je voulais et ce que j'allais faire de ma vie. J'essaye d'être plus à l'écoute de mes besoins, je crois que je m'approche doucement du bonheur.

— Et là, tout de suite, que vous souffle votre petite voix intérieure ? De quoi votre esprit a-t-il besoin ?

— Là, tout de suite ? J'aimerais pouvoir développer mon côté plus créatif. M'évader dans une activité qui ne serait pas purement intellectuelle, comme j'ai pour habitude de m'y réfugier. Sortir de ma zone de confort.

— Et vous pensez à quoi ?

— À la cuisine !

Ma réponse fut instantanée. Elle n'avait rien à voir avec mon plan prémédité, celui destiné à créer une occasion pour découvrir qui était mon mystérieux voisin. J'avais envie d'apprendre à cuisiner et je lui avais confié à lui, parce que j'avais envie de partager ces moments avec cet homme que j'apprenais petit à petit à connaître, et à apprécier.

— La cuisine ? Quel beau projet ! J'ai été chef de mon propre restaurant pendant des dizaines d'années. La cuisine a toujours été ma passion. J'ai beaucoup de temps vous savez, je pourrai vous donner quelques cours de cuisine… et puis ça me fera un peu de compagnie aussi. Tout le monde y trouvera son compte…

— Avec plaisir, ça serait vraiment génial. Je préfère vous prévenir, ça va être sûrement compliqué pour vous, je ne suis vraiment pas douée.

— Ça ne me fait pas peur et puis, au moins les moments où vous serez ici, vous arrêterez de faire votre vacarme là-haut !

Il éclata de rire et je le rejoignis de bon cœur.

Nous finissions notre deuxième tasse de tisane, près d'une heure plus tard, lorsque le mari de la concierge frappa à la porte, une radiographie à la main, pour m'annoncer que c'était bon, il avait pu ouvrir mon appartement. Sa femme attendait à l'étage.

Devant mon palier, je les remerciais tous vivement de leur aide et leur promirent de les inviter à dîner, une fois que monsieur Latour aurait suffisamment entamé son apprentissage pour que je sache cuire une omelette. Ils rirent. Monsieur Jean-Pierre renchérit :

— Et bien voilà, on aide les gens, et comment on nous remercie ? En servant de cobayes !

Son épouse lui donna un grand coup de coude.

— Mais arrête d'être méchant comme ça avec la « petite » ! Se tournant vers moi, elle me dit « Ça serait vraiment avec plaisir, on a hâte de découvrir peut-être un de vos nouveaux talents ? ».

Tout le monde avait regagné son appartement, moi la première. Une fois seule, j'eus une sensation bizarre, comment ai-je pu vivre autant de temps à côté de gens aussi sympathiques, sans même m'en apercevoir ? Finalement, il n'y avait pas qu'à côté de moi que j'étais passée depuis toutes ces années…

Chapitre 29

Nos rendez-vous hebdomadaires étaient comme de grandes bouffées d'air frais. Avec monsieur Latour, je relâchais la pression du travail, me passionnais pour les recettes de base et me concentrais sur les techniques diverses et variées que ce grand cuisinier m'apprenait. J'avais rapidement fait des progrès. Il faut dire que le niveau de départ était particulièrement bas. Monsieur Latour, l'une des premières fois, avait laissé échapper un « Ah oui quand même ! » et s'en était voulu tout de suite après. Il se sermonnait « Ce n'est pas digne d'un professeur, je suis là pour vous enseigner la cuisine, pas pour vous juger. Je suis vraiment confus de cette remarque ».

Je l'avais tout de suite rassuré, les critiques sur ma cuisine étaient justifiées, cela faisait bien longtemps que je n'y prêtais plus attention. Il avait rétorqué « Êtes-vous bien sûr que cela ne vous fait rien ? », « N'est-ce pas pour ça que vous avez voulu apprendre à cuisinier, vous auriez pu développer votre esprit créatif en apprenant à jouer un instrument de musique ». J'avais reconnu qu'il avait certainement raison, que j'avais tendance à minimiser les choses que je ressentais, pour paraître plus forte.

Il reprit en me disant, d'un air péremptoire :

— Vous êtes forte ! Vous êtes ambitieuse, vous êtes acharnée, et si vous ne vous laissez pas abattre par certaines remarques et les utiliser plutôt comme un tremplin pour faire quelque chose qui vous plaît, alors c'est que vous avez tout compris ! Dites-moi Laure, la cuisine vous plaît ? Ce n'est pas uniquement parce que vous voulez faire taire les mauvaises langues ?

— Oui, ça me plaît vraiment. Ça me rappelle un peu mes cours de chimie, on mélange les ingrédients et ça évolue, se transforme… En plus, j'aime beaucoup inviter, j'aime faire plaisir, ça sera vraiment super de pouvoir faire profiter mes amis – qui jusque-là ont toujours fini leur assiette sans ronchonner. J'ai hâte de les régaler.

— Et bien, c'est parfait remettons-nous y alors ! Je dois avouer que j'avais une petite crainte que vous abandonniez et que vous trouviez bonne mon idée de vous lancer dans la musique… Je ne suis pas malade de vous mettre des idées pareilles en tête ? J'étais bon pour trouver un nouvel appartement…

Cette fois-ci, comme de nombreuses autres, nous finissions dans un grand fou rire.

Rapidement, j'avais pris l'habitude de lui raconter ma semaine, les événements marquants, les déceptions ou mes petites avancées scientifiques. Il écoutait, il commentait, tout en me prodiguant des conseils sur comment tenir le fouet, mélanger délicatement, ou encore ne pas oublier d'assaisonner. De temps à autre, il me parlait de ses fils et de son épouse. Il me racontait essentiellement des anecdotes rigolotes et incongrues. Je profitais de ces moments pour établir un contact physique avec lui. Je le voyais alors dans un flash. Ça me permettait de partager au plus près son histoire, le mettant alors en scène, autour des siens pour des péripéties insolites.

Une fois où il me décrivait leur mémorable voyage au Brésil, je lui demandais :

— Vous vous sentiez comment à l'époque ?

— À l'époque, je me sentais comme le plus heureux des hommes. J'aimais beaucoup mon travail, et y passais beaucoup de temps, mais lorsque j'étais avec ma famille, je me consacrais entièrement à eux et si je cuisinais, c'était uniquement pour leur faire plaisir. Je me sentais toujours fort avec eux. Ma femme était une femme fantastique, elle s'occupait de tout, elle gérait, organisait. En quelque sorte, nous nous complétions parfaitement ; elle était forte quand je n'avais plus le courage et je faisais ce qu'il fallait si elle était fatiguée. Lorsqu'elle est tombée malade, j'ai pris sur moi, je gérais et organisais ce qu'elle ne pouvait plus faire, et puis lorsqu'elle est partie, ce fut le grand vide. Je n'ai pas su comment réagir avec mes fils, je ne savais pas quoi leur dire pour les consoler, moi-même, j'étais inconsolable. J'avais passé plus d'années avec elle que sans elle, vous imaginez ? L'essentiel de ma vie à ses côtés. Et puis tout à coup plus rien.

— Et bien, il y a encore vos fils. Vous êtes encore une famille.

— Oui, je le sais et je sais aussi qu'ils m'aiment. Mais se retrouver tous ensemble, sans elle, marque encore plus son absence.

— Je pense qu'au contraire, ce sont dans ces moments où elle peut être là de nouveau. Imaginez si elle est quelque part et qu'elle vous regarde, qu'est-ce qu'elle se dirait ?

— …

— Faites-le pour vous, mais faites-le aussi, pour vos fils. Ils ont perdu leur mère, trouvez-vous ça juste qu'ils perdent aussi leur père ?

Les mots que j'avais prononcés l'avaient bouleversé, il sortit de la cuisine pour s'isoler un peu. Lorsqu'il réapparut, il avait les yeux rougis mais un air déterminé. Il me dit :

— N'est-ce pas une magnifique journée pour changer une situation qui ne me convient pas ?

— Si ! Vous avez raison, c'est exactement un jour comme celui-ci.

Il attrapa son téléphone et appela successivement chacun de ses fils. Il demandait des nouvelles des enfants, de leur épouse, s'inquiétait de savoir si le travail se passait toujours aussi bien. Il s'excusait aussi, auprès d'eux, pour son absence. Il n'avait pas su être là, et il voulait qu'ils sachent que maintenant il le serait, de jour comme de nuit, pour les bons et les mauvais moments. Son discours était huilé, comme s'il l'avait préparé de longue date. Il ne variait que légèrement, d'un fils à un autre, pour s'adapter au cas particulier, mais l'on voyait que les idées principales étaient les mêmes. Il s'excusait pour le passé et reprenait sa place pour l'avenir qu'il voulait commun. De l'autre côté du fil, on pouvait ressentir que les mots manquaient tant la démarche les avait surpris, mais une fois l'étonnement passé, les échanges reprirent le plus naturellement du monde, comme si silence depuis ces longs mois n'avait jamais existé.

Il resta silencieux plusieurs minutes après son dernier appel passé. Un sourire au coin des lèvres, et un soulagement immense de laisser derrière lui, une situation dont il ne voulait plus.

— Je ne comprends pas, me dit-il soudain.

— Qu'est-ce que vous ne comprenez pas, monsieur Latour ?

— Pourquoi je ne l'ai pas fait avant ? Pourquoi je n'ai pas fait cette chose si simple, si évidente, si bénéfique pour ma famille ? Pourquoi je n'ai pas agi ?

— Vous n'étiez peut-être pas prêt ?

— Pas prêt pour être heureux ?

— Pas prêt pour être heureux…

Il me regardait profondément. Il paraissait avoir dix années de moins. Il était libéré et soulagé. Il m'adressa alors un grand sourire et me dit, d'un ton appuyé, « Merci. Merci, Laure. Vous avez fait entrer la lumière dans ma vie ». Un peu gêné par cette confidence, il poursuivit « Au départ, surtout beaucoup de bruit, mais finalement beaucoup de lumière ! », qu'il ponctua d'un grand éclat de rire.

Chapitre 30

Les cours culinaires avaient laissé place à des moments de complicité où nous cuisinions ensemble. J'avais appris les bases, maintenant il fallait la pratique. J'avais honoré mon invitation auprès de madame Marie, monsieur Jean-Pierre et monsieur Latour. Le dîner avait été un succès, entrée, plat et dessert. Tout le monde était épaté, moi la première. Lors de cette soirée, j'appris une multitude d'informations sur mes voisins.

Un jour où nous préparions un gâteau avec monsieur Latour, un de ses fils arriva à l'improviste. Il passait dans le quartier et avait eu l'idée de venir boire un café et de parler de l'idée qu'il avait eue avec son frère de partir tous ensemble en week-end en Bretagne. Monsieur Latour était aux anges. Il me présenta et nous proposa de nous installer dans le salon. Je déclinai l'invitation, prétextant un rendez-vous pour laisser ce père et son fils dans ce moment d'intimité retrouvée. Monsieur Latour me prit par les épaules et me dit « Je vais organiser un grand repas, ici, pour vous présenter ma grande famille ». Un flash m'apparut. Je vis alors monsieur Latour, entouré de ses deux fils, eux-mêmes encadrés par leur épouse et leurs enfants en train de sourire face à l'objectif. On distinguait au loin l'océan, le vent soufflait dans leurs cheveux et les mouettes tournoyaient. Je répondis « Avec grand plaisir » et quitta l'appartement précipitamment.

Mon excuse n'était pas un mensonge, j'avais effectivement
rendez-vous avec Fiona. Dans deux heures, il est vrai, mais je po
ainsi prendre un peu de temps pour me pouponner avant d'
Prendre soin de mon corps, avant d'apaiser pour mon espri

fait quelques séances ponctuelles pour lui faire part de mes interrogations et nous échangions souvent sur l'apprivoisement de mon don. Ce rendez-vous je l'avais pris, après avoir eu ce flash d'Emilie et Pierre sur l'enfant qu'ils attendaient. Il était surprenant qu'un flash du même acabit arrive aujourd'hui, justement.

Une fois arrivée au cabinet de Fiona, je lui expliquais l'évolution de mes pouvoirs surnaturels. En effet, nous avions convenu entre nous d'évoquer ce don comme une force mystique. Ce postulat permettait d'éviter de perdre un temps inutile, à tenter de comprendre les raisons pourquoi j'en étais dotée. C'était comme ça, voilà tout. Je me retenais malgré tout de lui poser la question qui me brûlait les lèvres, essayant de respecter notre deal. Accepter de recevoir ce don comme une bénédiction, en faire bon usage. Voyant parfaitement ce que je n'osais verbaliser, elle prit un temps de réflexion puis commença calmement :

— Ne t'inquiète pas ! Les flashs sur l'avenir ne sont pas plus indicateurs de démence que les flashs sur le passé !

Je l'interrompis :

— C'est censé me rassurer ça ?

— Non répondit-elle en souriant ! Simplement te rappeler que rien n'a changé. Tu as fini par accepter que tu avais le don de voir les blessures du passé des individus que tu rencontrais ; leurs failles les plus profondes. En quoi est-ce inquiétant de les projeter dans un avenir plus radieux ? Pourquoi tout de suite tu envisages le signe d'un dysfonctionnement neurologique ?

— Je n'ai pas dit ça.

— Non tu ne l'as pas dit.

Je souris. Effectivement, depuis le jour où j'avais vu en avant-... le bébé d'Emilie et Pierre, je n'avais eu de cesse de ... point de vue médical.

...ur, ils n'annoncent pas de catastrophes, bien au ...on illustration du bonheur. Tu visualises les ...s visualiser leur guérison ?

...rsonne ne peut savoir de quoi demain sera

— Et si toi, à ta manière tu le pouvais. Si toi tu avais ce don de pouvoir projeter les personnes dans un futur proche, les voir enfin libérées de leurs blessures ? Et regarde, en allant plus loin, avec ce que tu as fait pour monsieur Latour, tu as même participé à cette métamorphose. Tu perds un temps faramineux à chercher des réponses à des questions inutiles. Pourquoi toi ? Pourquoi des flashs ? D'où viennent ces images ? Tu avais commencé à accepter que ça faisait partie de toi, tu t'étais même lancé le défi d'utiliser cette capacité comme un pouvoir pour apporter du bonheur autour de toi. Tes doutes s'étaient presque intégralement dissipés. Pourquoi devraient-ils revenir simplement parce que tes ambitions se réalisent au-delà même de tes espérances ? N'anéantis pas tout ce travail, continue à croire en toi, à croire en ton don et laisse ces magnifiques images emplir ton esprit.

Elle avait raison. J'avais réussi à m'habituer à ces plongées soudaines dans la vie de mon entourage, souvent éprouvantes, il n'allait pas être si difficile d'y intégrer, désormais, des happy ends. Quel chemin parcouru depuis la première fois où j'étais venue voir Fiona ! J'y repensais lorsque je franchis la porte de son bureau, à l'issue de notre rendez-vous.

C'est alors que je le vis, lui.

Nous ne nous étions plus vus ni même parlé depuis notre rupture. Mon cœur fit comme un bond dans ma poitrine. Ma respiration se coupa. Et puis tout reprit à vive allure, les battements de mon cœur à l'image des personnages de cartoons et ma respiration qui s'agitait dans des mouvements inefficaces. J'avais beau inspirer et expirer à un rythme effréné, je me sentais comme privée d'air. Subitement, j'imaginai la vision ridicule que je devais lui renvoyer. Cette pensée m'affola davantage. Je sentis mes joues rosir et mes oreilles chauffer. Je n'allais quand même pas tomber dans les pommes simplement parce que je revoyais mon ex que je n'avais pas vu depuis un peu plus d'un an.

De son côté, il était assis dans la salle d'attente, un livre à la main. Il avait levé la tête à l'instant même où j'étais sortie du bureau et m’avait immédiatement adressé un sourire franc dès qu’il m’aperçut. Voilà une réaction que je lui enviais. N’aurais-je pas pu, moi aussi, me contenter de sourire ? J’entrepris de respirer calmement et profondément pour retrouver la maîtrise de mon corps et avançai, petit pas par petit pas, dans sa direction. Ma démarche était lente pour être certaine de retrouver une contenance une fois que je lui ferai face.

Il se leva, plongeant ses yeux dans les miens.

Je voulus dire quelque chose mais la seule chose que mes lèvres consentirent à faire c’est dessiner un grand sourire sur mon visage. Je me sentis mieux.

— Quelle surprise de te voir ici ! Je ne savais pas que tu connaissais Fiona Lissadi.

— Eh bien, c’est toi qui m’en avais parlé. Tu m’avais expliqué à quel point elle t’avait ouvert les yeux sur certaines choses dans ta vie, alors… il s’interrompit… À l’époque, ta lettre m’a fait comme un électro-choc, je me rendais compte qu’il fallait que moi aussi je regarde les choses en face, mais je n’y serai jamais arrivé seul. Alors j’ai commencé à la voir…

Je restais comme hébétée par sa révélation. Il avait entrepris une thérapie suite à ma lettre de rupture. Tellement aveuglée par la douleur que c’était de mettre fin à notre relation que jamais je n’avais pensé à ce que lui avait dû ressentir à ce moment-là. Mes joues rosirent de nouveau. Je balbutiais :

— Je suis vraiment désolée. J’ai bien conscience que la forme n’était pas très bien choisie pour mettre fin à notre relation, mais je n’avais pas le courage de faire autrement. J’espère que tu ne m’en veux pas.

— T’en vouloir ? Non. Bien sûr que non. Je m’en suis surtout voulu à moi.

— À toi ?

— Oui. Il n’a pas fallu beaucoup de séances à Fiona pour m’expliquer que ma plus grande peur était de te perdre et que finalement, j’avais tout fait pour que ça arrive. Il paraît que c’est très classique. De l’autosabotage en bonne et due forme.

Il me confiait le plus naturellement du monde les conclusions qu'ils étaient parvenus à établir avec sa psychologue plusieurs mois plus tôt. Il semblait fier de tout le chemin qu'il avait parcouru. Je ne savais pas quoi lui répondre. Je mourais d'envie d'entendre les réponses qu'avait pu lui apporter ces séances, savoir comment il allait, comment il envisageait son avenir maintenant, s'il se pourrait qu'il y ait désormais une place pour moi dans sa vie ?

Je ne pouvais pas décemment lui imposer ça. Moi la fille qui, après avoir constaté que l'homme qu'elle aimait n'avait pas encore fait le deuil de sa conjointe, a préféré le quitter en lui laissant une lettre plutôt que de l'aider. Je n'avais qu'une envie, celle de disparaître. De m'effacer de nouveau. Je devais écourter le plus rapidement possible cette conversation.

— C'est vrai qu'elle fait des miracles. Je suis vraiment contente de voir que tu as l'air d'aller mieux, et aussi que tu ne m'en veux pas. C'est important pour moi, car notre histoire a beaucoup compté.

J'étais satisfaite de ma réponse.

J'enchaînai pour éviter qu'il embraye sur autre chose, voulant quitter le cabinet dès que possible.

— Je suis ravie de t'avoir revu…

— Oui, moi aussi. C'est d'ailleurs étonnant que nous ne nous soyons pas croisés avant, j'ai un rendez-vous par semaine depuis près d'un an.

— Je viens moins régulièrement. C'est un peu plus fouillis mes rendez-vous avec Fiona.

— En même temps, ce n'est pas mon jour ni mon heure habituelle. Elle m'a appelé avant-hier pour déplacer notre entrevue de cette semaine, elle avait un imprévu.

— Eh bien, le hasard fait bien les choses alors. C'était sympa de te revoir…

Je m'apprêtai à reprendre mon chemin vers la sortie lorsqu'il se plaça, droit comme un piquet, devant moi.

— Laure, je n'ai pas envie d'attendre que le hasard te place de nouveau sur ma route.

Je le regardai fixement. Soudain, il me tendit la main, attrapant la mienne pour me la serrer vigoureusement. Je restai figée, je ne comprenais pas. Il reprit.

— Bonjour. Je m'appelle Benoît, Benoît Plancart, je suis enseignant-chercheur en mathématiques !

Surprise, je lui souris. Je savais parfaitement qui il était, pourquoi se présentait-il ?

— Je suis un nouvel homme Laure. Pas complètement différent de celui que tu as connu mais j'ai évolué ; j'ai pris conscience d'énormément de choses. Je me suis pardonné, j'ai accepté le drame que j'ai vécu, il fait partie de moi mais ne me définit plus. Je veux aller de l'avant, je veux accomplir des choses, me construire une vie. C'est comme une seconde naissance Laure, je sais maintenant que tout est possible. Je peux de nouveau être heureux, et j'ai bien l'intention de l'être.

Il ne m'avait toujours pas lâché la main. Il me regardait profondément, comme pour essayer de lire dans mes pensées. Il fit un pas et approcha doucement sa main gauche de mon visage. Du regard, il m'interrogea avant d'aller plus loin. Je répondis par un sourire. C'est alors qu'il passa délicatement son index d'abord sur l'arête de mon nez, puis d'un geste précis, le long de ma mâchoire. Le contact de sa peau contre la mienne m'avait tellement manqué. Le temps s'arrêta. Une image m'apparut. Tous les deux, marchant sur le sable, main dans la main, nos cheveux balayés par le vent. Nous étions heureux.

Revenue à la réalité, je secouai avec force sa poignée de main en disant :

— Laure Blanchon. On ne s'est pas déjà vus quelque part ? Votre visage ne m'est pas inconnu.

— Vous n'êtes pas la première à me dire ça... Je dois avoir un physique assez commun.

— Oui sûrement... Aussi commun qu'un flocon de neige.

Fiona apparut soudain sur le pas de la porte, sans un bruit. Elle nous regardait, le sourire en coin, avec l'air satisfait du travail accompli.

Remerciements

Chacun de nous est unique car nous sommes une multitude de petites choses qui forment un tout. Je remercie mes parents, mes sœurs et mon binôme, mes cinq piliers qui ont, ensemble, constitué un socle solide, indispensable à mon développement.

Ensuite, au fil des ans, ce ne fut que de magnifiques rencontres qui m'ont enrichie et ont participé à la construction de celle que je suis aujourd'hui. Pour toutes ces personnes qui gravitent dans ma vie et la rendent si belle, j'espère ne pas avoir attendu ce livre pour leur dire à quel point elles sont importantes pour moi et ont, chacune, à leur manière, rendu tout cela possible. Parmi ces rencontres, la maison d'édition, Le Lys Bleu Éditions, qui a transformé le rêve en réalité. Un grand merci également à Éric Garence qui a le talent d'illustrer nos plus intimes pensées.

Je remercie l'homme qui partage ma vie, qui parvient, avec ses yeux, à me faire voir les choses que je ne vois pas. Merci aussi à mes enfants et plus largement à toutes les petites têtes plus ou moins blondes qui partagent ma vie et qui me donnent cette envie de rendre le monde plus beau. Enfin, je remercie Myriam qui, bien malgré elle, m'a appris à quel point la vie est précieuse et que tout le temps que l'on n'utilise pas à réaliser ses rêves est du temps perdu.

Imprimé en France
Achevé d'imprimer en janvier 2023
Dépôt légal : novembre 2022

Pour

Le Lys Bleu Éditions
40, rue du Louvre
75001 Paris